『ほら……聞こえるだろう。お前の牝の部分が俺のフェロモンを感じて濡れ、愛液をしたたらせているのが』　　（本文より）

黒獅子王の溺愛 ―軍服花嫁オメガバース―

SAKURA MAYUYAMA
眉山さくら

Illustration
すがはら竜

SLASH
B-BOY NOVELS

この物語はフィクションであり、実際の人物・
団体・事件等とは、一切関係ありません。

CONTENTS

黒獅子王の溺愛

―軍服花嫁オメガバース―

序章

他国におもねることなく孤高を貫く島国、大倭国《だいわこく》。大倭国は複雑な海流によって護《まも》られ、国全体を外敵の侵略を赦《ゆる》さぬ鉄壁の要塞たらしめていた。

その偉大な海を防衛する、誇り高き大倭国軍、海軍少佐——それが、顕良《あきら》の肩書きだ。

「…ぁ…ッ！　ひ、くぅう……っ」

決して、こんな醜態《しゅうたい》をさらしてはいけない、のに……。

唇を噛み締めて必死に声を殺そうとする顕良に覆いかぶさってくる、ごつごつとした逞《たくま》しい筋肉の感触。それは軍人として鍛《きた》えてきた顕良の身体をはるかに凌駕《りょうが》する、紛れもない男の、しかも成熟した雄のものだった。

「ッ…！　やめ、ろ…っ、私は女じゃない……ッ」

逃げようともがく腰に、熱く猛った逸物《いつぶつ》がすりつけられる。その狂暴さに、自分に向けられる激しい欲望を思い知って、男としての矜持《きょうじ》を脅かされる恐怖にゾクリと背が粟立《あわだ》ち、こらえきれず顕良は叫んだ。

女顔だと言われたり、いくら鍛えても筋肉は大きくならず引き締まるばかりの体質ゆえ、華奢《きゃしゃ》に見えるとあなどられたことはあっても、それらの偏見は鍛練《たんれん》で培《つちか》った剣技ですべてねじ伏せてきたというのに。

大倭国で男色《だんしょく》は人の道理に反するものであり、軍でも厳しく禁じられている。

特に、国防を背負い雄々しく戦わねばならない大倭国軍の士官である自分が、組み伏せられ、女のように扱われるなど、断じてあってはならぬことだ。

しかも、問題はそれだけではない。

『関係ない』

発せられた声は、グルル…という肉食獣の唸《うな》りに混じり、変質している。

肉食獣、というのは比喩《ひゆ》ではなかった。

「獣め……」

見上げる先にある彼の頭部は、人のそれではなく……艶やかな蒼銀《そうぎん》の光沢を持つ漆黒の長いたてがみにふちどられた、獅子のものだ。

だが獣の姿に変化したあとも、身体はほぼ人と同じような形状をしている。……全身にも濃い蒼灰色《あおはいいろ》の艶やかな獣毛が生え、そして長い尻尾があることを除けば。

信じられないことに、この獣は男である顕良とつがおうとしているのだ。

「人型の俺のほうが好みか？　人型でも獣人でも、好きなほうで望むがままに抱いてやろう」

そう言うとニヤリ、と肉食獣独特の大きな口をゆがめて微笑《わら》う。その言いざまにカッと灼《や》けつくような恥辱《ちじょく》と怒りが沸き上がり、ギリ、とまなじりを吊り上げて彼を睨《にら》んだ。

「ふざけるな……！　男でも見境なく孕《はら》ませようとするなど、異常だと言っているのだ！」

噛みつくように言い返す顕良に、彼は仕方のないヤツだとでもいわんばかりに眉を上げると、

「お前の国で定められた性別など関係ない。顕良、お前はオメガ、我ら獣人種の牝《めす》だ」

厳然とした口調でそう言い渡す。

「違、う…っ、私は……！」

自分が牝などということがあってたまるものか。

キッと睨み上げた拍子《ひょうし》に、汗に濡れた頬に張りついた顕良の短く切り揃《そろ》えた髪。それを、ギルスはさらりと指で掻き上げると、

「本当に、研《と》ぎ澄まされた刃のように美しい瞳だ……。庇護《ひご》され、唯々諾々《いいだくだく》と従うだけのか弱い牝など、俺にとってなんの魅力もない。お前の、細身だがしなやかで生気に満ちた身体や、気骨ある凜《りん》とした心構えを表したような清廉《せいれん》な美貌こそが、俺を惹《ひ》きつけ、情欲を掻き立ててやまないというのに……自覚していないのか？」

屈辱と怒りをにじませた顔をじっくりと眺め下ろし、熱く濡れた声で囁いてくる。

「ふざけるな……誰が、そんな……ッ」

否定しようと声を上げた時、反論をさえぎるように、あらわにされた後孔に指をもぐり込まされる。その拍子にぬちゃりと粘りけのある音が聞こえてきて、顕良はびくりと身体を硬直させる。

「ほら……聞こえるだろう。お前の牝の部分が俺のフェロモンを感じて濡れ、愛液をしたたらせているのが」

獣とは思えない繊細さで内部の襞《ひだ》を掻き分け、蠢《うごめ》く長い指。そのたびにくちゅくちゅと淫らな水音を立てる顗良の恥部を愛撫しながら、情欲にかすれた低い声で囁いてくる。

「く、ぅ…っ。い、いや…だ…っ、んん…ッ」

どれだけ否定しようとしても、いじられるたび後孔は淫らな音を響かせ、彼の言葉を裏づける。

そのあまりの屈辱に、顗良は喘いだ。

顗良の身体に隠された秘密。

他の男子はいくら快感を覚えてもこのように後孔に蜜をしたたらせることなどないのだという。

他人とは違う、異質な性。忌《い》まわしきものとして必死に意識しないように努めてきたそれを、この男は無慈悲に暴き、逃れようもない形で顗良に突きつける。

憎い。

この身に隠された異形《いぎょう》のせいでお上から押された「劣等種」である『傾国《けいこく》』の烙印《らくいん》を、外部に知られぬよう生きてきた。『傾国』の呪いをはねのけ、自分はそんなものを覆《くつがえ》すほど強いのだと証明しようともがいてきた。

その努力を、矜持を、この男はズタズタに引き裂き、無駄にしようとしているのだ。

そんなことは赦さない。

なんとしても抗《あらが》わなければと、顗良はギリ…ッと拳《こぶし》を握り締めた。

「そんなに強く嚙むな……ほら、綺麗《きれい》な唇が切れて、血が出てしまっているぞ。俺の仔を産む大事な身体なのだからな」

彼はそう囁くと、きつく嚙み締めすぎて血がにじんできた唇に指を添えてそっと押し開き、ひりつく痛みを訴える傷口をやわらかくなぞる。

「黙れ…！　私はそんなもの認めない。嫌がる相手を無理矢理組み伏せる獣のくせに、紳士ぶるな…っ」

ぶるりと首を振って指を払いのけ、顕良は叫ぶ。

自分が仔を産むなど——そんなことがあっていいわけがない。自分は男なのだ。誰がどう言おうとも。

「すまない。なにしろ今まで相手に拒まれた経験などなかったゆえ、どうにも勝手が分からないのだ」

罵声《ばせい》を浴びせようが、むしろ愉快そうに口許をゆがめ、この男はそう言ってのける。傲慢《ごうまん》だ。

自分が圧倒的優位にいるからこその余裕を感じ取り、屈辱と憤《いきどお》りは増すばかりだった。

「だがそんな風に思っているとは心外だ。丁寧に、優しく優しく扱っているだろう？」

後孔に浅くもぐらせた獣の指が、熱を帯びてきた内壁の膨《ふく》らみをねっとりとした指遣いで愛撫してくる。

「ぁ…！　く、ぅ…っ、や、やめ…ひぁ……ッ」

そのとたん、痺れるような甘い刺激が顕良の下腹部を貫いて、身体の奥でなにかが蠢くのを感じていた。

「分かるか？　この膨らんだ部分に隠された孔《あな》が、感じると開きはじめる……ほら、少しずつ口を開きはじめたぞ」

敏感な内壁のしこりを刺激されるたび、なにかうねるような感覚とともにひくひくと内側が痙《けい》攣《れん》するのを感じて、顕良は身をよじらせる。

「い、いや……いやだ……あ、ぁ……」

知りたくなどない。

これまで触れるどころか、認識さえしていなかった器官をいじられて、身体の芯が熱く痺れるような感覚とともに奥底から妖《あや》しいさざめきが起こり、下腹がきゅうっと疼《うず》く、飢えにも似た、このような淫らな衝動など。

自分の中に、こんな得体の知れない性が棲《す》んでいることに気づきたくなどなかった。

「ああ……牝の部分が疼いてきたんだろう？　うなじから、いい匂いがしてきたぞ。たまらないな……」

熱っぽく囁いてきたギルスにうなじを舐められて、ヒッ、と顕良は首をすくめた。

「い…、いや、だ…ッ。やめ……っ」

自分のようなオメガと呼ばれる獣人種の牝は発情時にアルファである獣人種の雄にうなじを嚙まれてしまえば消えぬ痕として残り、まるで見えない首輪のように嚙み主に繋がれ、離れることはできなくなってしまう——彼から聞かされた、そんな恐ろしい宿命が頭をよぎり、顕良は必死に身をよじり逃れようとする。

「怖いか…？」

切なげな吐息とともに目尻をなぞられ、自分の目に涙がにじんでいるのに気づいて、顕良は悔しさに歯噛みする。

怖いなどという軟弱な感情を認めたくない。けれど、今まで抱いていた常識も、理想も、矜持も……自分のすべてを覆されてしまいそうな恐怖に、怯《おび》える気持ちを消すことはできなかった。

「これでも必死に抑えているんだぞ。お前はまだ牝として成熟していない。この初心《うぶ》な身体に俺の中に渦巻《うずま》く情欲をありのままにぶつけてみろ、壊してしまうからな……」

「……ッ」

低くかすれた声は肉食獣の唸りに混じり、抑え込んだ獣性との葛藤《かっとう》を訴えつつも、顕良の震えるまつげに大きな口を寄せ、なだめるように分厚い舌を這わせて目尻に浮かぶ雫《しずく》を吸い取る。

そうやってまるで無垢《むく》な少女のように扱われること自体が、顕良の心を余計に軋《きし》ませ、傷つけるというのに。

「そ…んな、無駄な努力をせず、大勢いる貴様《きさま》を拒まない牝とやらのところに行け…っ」

自分は獣になど堕《お》ちない。

頬を、あごを、そして首筋を舐められるたび、ぞくりとしたものが走るのも、発熱したかのように身体の芯が熱くなるのも……怒りと悪寒によるものに違いないのだ。

「……俺は、お前が欲しいのだ。俺にかしずくことを当然としている相手ではなく、お前が……」

彼が告げた瞬間、その双眸《そうぼう》にはまさに獲物を捕らえた肉食獣の眼光が宿り、ぶわりと狂暴な獣の雄の気配と濃密な匂いが体軀《たいく》から立ち上って、くらりと目眩《めまい》がして、顕良の視界がぼやける。

――見ろ。どれだけ紳士ぶろうと、やはり本能剝《む》き出しの獣じゃないか…っ。

「顕良。お前も俺を、求めているはずだ」

ふざけるな、誰が。

そう心の中で懸命に抗いの言葉を繰り返しながら、けれど顕良はもはやそれを口にすることができなくなっていた。

「……っ、ふ、ぅ……」

どうして。

囁かれただけで、その口から漏れる熱い息を感じるだけで。なぜこんなにも身体が燃えるように熱く火照《ほて》り、呼気が荒く、せわしくなるのか。

「――俺が欲しいだろう……？」

その様子を爛々《らんらん》とした双眸で見下ろして、ニヤリ、と獰猛《どうもう》にその大きな口の端を吊り上げ、彼は傲岸《ごうがん》に言い放つ。

「……ッ、あ、ぁ……」

後孔にもぐり込まされた指を再び蠢かされると、頭がぼやけ、ずくん、と下腹が疼くように収縮し、鼓動が激しくなる。それでも。

ギルス・ルガルキドゥル。

――私はお前になど、決して屈しはしない。

決意を秘めて睨み返すと、彼は挑むように顔を寄せ、引き結んだ顕良の唇を大きな口で食《は》むようにふさぎ、分厚く長い舌で口腔《こうこう》を犯す。

襲い来る嵐のようなくちづけに翻弄《ほんろう》されながら、どこか被虐《ひぎゃく》的《てき》な愉悦を感じる自分に、顕良は絶望の吐息を漏らした。


――天神《あまがみ》顕良。あなたの身体は、『傾国』の呪いに蝕《むしば》まれています。

大倭国民すべてが思春期を迎える前に受ける身体検査でそう告げられてから、顕良の人生は大きく変わってしまった。

『傾国』。それは大いなる厄災を呼ぶ呪われし存在として、大倭国で語り継がれてきた存在だった。

昔々、神の御遣いとして、大倭国に降り立った聖なる獣『狛犬様《こまいぬ》』。

『狛犬様』は人と契《ちぎ》りを交わし、生まれた子供たちに彼の大いなる聖獣の力を授《さず》けた。だが、その大きすぎる力は人の身体一つには収まりきらず、「智力に富み、あふれんばかりの荒々しくも強大な力を持つ、勇猛なる性『陽種《ようしゅ》』」と「慈悲深くすべてを包み、次の御子を産み出す性『陰《いん》種《しゅ》』の二つに分け、与えられた。その二つの性がつがいとして一つになることで、大倭国を守護する『狛犬様』の力は脈々と受け継がれていく――はずだった。

だがある日、『陰種』が他国から流れ着いた禍々《まがまが》しくも強大な力を持った邪悪な獣に誑《たぶら》かされて神聖なる神殿へと誘い込み、つがいである『陽種』を裏切り、あげく殺した。

こうして次の御子が生まれなくなった大倭国から神獣は消え、『陰種』は国の守護神を滅ぼした悪《あ》しきもの、『傾国』として語り継がれるようになった――

これは、大倭国民なら皆、幼い頃から教えられてきた闇の歴史だった。

しかし途絶《とだ》えたはずの『陰種』の特性を持つ者が、ごく稀《まれ》に生まれることがある。それは『傾国』の呪いであり、国に不幸を呼ぶ前兆だと恐れられた。

『陰種』の特徴は第二次性徴期を迎える前後に表れる。『傾国』の呪いを持った子供を探し出すため、健康診断という名目で身体検査は行われていたのだ。

混乱を招かないよう、その事実は軍の上層部によって隠蔽《いんぺい》されてきたせいで、噂話で囁かれる程度の存在でしかなかった『傾国』。

だが自分がその『傾国』の呪いを受けた子供だったと知らされると同時に、顕良は軍の監視下に置かれることになった。

――いいですか、天神顕良。『傾国』は快楽に弱い。本能的に強い雄を求め、ひとたび暴走すれば倫理も道徳も通用しない、神の加護を失った獣に堕ちる。常に己を律しなさい。『傾国』と成り果ててしまえば最期、家族にも親しい人にも厄災をもたらし、最悪、この国に危機が再び訪れる可能性すらあることをゆめゆめ忘れてはいけませんよ……。

教育係としてつけられた秋沙軍医大監《あいさぐんいだいげん》は、身内のいない顕良にとっては親代わりともいうべき存在で、彼から常日頃、禁欲的に己の心身を鍛えるよう叩き込まれてきた。

はい、分かっております。私は、私は決してそのようなことには……。

顕良は必死に言い募り、秋沙を見上げた。だが、

――……その有り様《ありさま》で？

ゾッとするような冷たい声に、見下ろしてくる秋沙の視線の先を辿《たど》ると……肌を剝き出しにされた己の身体と、その上にのしかかる大きな獣の姿が目に飛び込んできた。

「あ、あぁ……ッ」

――自分の悲鳴で目覚め、顕良はバクバクと激しく脈打つ心臓をなんとかなだめると、寝台に横たわったまま深く嘆息する。

どうして、こんなことになってしまったのか。

遠い異国の地で囚《とら》われの身となってしまった我が身を振り返り、無為なことと知ってはいても、そう自問せずにはいられなかった――

1

鬼神《きしん》の如き強さを誇る海軍の英雄、鶻《はやぶさ》中将が特別な任務を背負い、外海へと出たのは、一ヶ月前のことだ。

ほぼ他国との交流を絶ち鎖国状態にある大倭国だが、自国ではどうしても得られぬ稀少な物資や、国外の有益な情報などを得るため、選ばれし学者や商人、そして軍の精鋭たちが政府より任命され、交渉のために他国へと渡ることがある。

しかし問題が起こり、交渉が難航して鶻中将が身動きが取れない状態になったとの伝令を受け、取引のために必要だという大倭国の秘宝を鶻中将に届けよ、との命が下された。

鶻中将からの信頼も篤《あつ》い秋沙軍医大監が秘宝を携《たずさ》え、その護衛と輸送の任を受けた第七一九船団の一員として、顗良も鶻中将の下へと向かっていた。だが——

「急げ！　イシュメル王国海軍旗艦、完全に本艦を捕捉！　敵旗艦が本艦との接舷《せつげん》を始めており、敵勢力が艦内へと押し寄せるのは時間の問題だ……！」

指揮を任された顗良が先陣を切り、兵を率いて船首甲板《かんぱん》へと向かう。

顗良たちが乗る輸送艦はもとより、第七一九船団は、完全に敵艦隊に包囲されてしまっていた。

艦隊に掲げられているのは、禍々しい深紅の地に漆黒に塗りつぶされた獅子の姿を描いた旗

——それこそがイシュメル王国海軍の証《あかし》だ。

「天神少佐、まずいぞ……敵が悪すぎる。よりにもよってイシュメルのヤツらとは…っ」

焦《あせ》りをにじませた雁屋《かりや》曹長の囁きに、顕良は歯を食いしばる。

雁屋は海軍兵学校時代からの同期だが、豪気で肝《きも》の据わった彼ですら、この不測の事態に青ざめていた。

「こっちはただの輸送艦だぞ？　なのになんでこんな……」

イシュメル王国海軍の艦隊は駆逐艦《くちくかん》七隻、水雷挺《すいらいてい》三隻、巡洋艦二隻、そして大倭国では目にしたことのない巨大な旗艦。顕良たちの艦を取り囲むように浮かぶそれらが、月明かりを反射して蒼銀に輝く海に不穏な漆黒の影を落としている。

対して、こちらの船団は輸送艦が一隻に護衛艦が二隻。

あくまで秘宝を任された秋沙の護送が目的であるため、この艦は戦闘のための戦艦などとは違い速度を重視した、遠洋航海用の艦の中では比較的小型のものだ。

秘宝を積んでいることは幹部しか知らず、顕良でさえその詳細を聞かされてはいない。

秘宝の存在を知らぬ雁屋がうろたえるのも無理はなかった。知っていた顕良でさえ彼らが一小国の小規模船団に対してこれほどの軍勢で制圧にかかるなど、思いもしなかったのだから。

圧倒的な戦力の違い。しかも皆が戦々恐々《せんせんきょうきょう》としている理由は、それだけではない。

「敵勢力、じき本艦船首甲板に到達します…っ！」

警告を告げる悲痛な声が響き、皆に動揺が走る。

むべなるかな。隊列を敷き終え、甲板で待ち構える顕良たちの目の前に現れたのは――漆黒の軍服に包まれた屈強な肉体、そして肉食獣の相貌《そうぼう》を持つ、獣人と呼ばれる異形の者たちだったのだから。

「ッ……本当に、獣……なんだな……」

誰からともなく漏れた驚愕の声に、動揺が広がる。

獣が我が物顔でのさばるというイシュメル王国。いまだ前時代的な法律に則《のっと》り獣が支配する野蛮な国として、その名前は恐怖とともに大倭国民の胸の中に刻まれていた。

大倭国では見ることのない、獣人の存在を初めて目の当たりにして沸き起こるどよめきに、顕良は左手を上げると、

「――気圧《けお》されるな」

静かに一喝《いっかつ》する。

その一言でこれまでの混乱した空気が凪《な》いで、自分へと意識が集まるのを感じ、顕良は小さく微笑んで、しかしすぐに顔を引き締めた。

自分を信じてついてきてくれる彼らを裏切らぬために、最善を尽くさねば。

――秋沙軍医大監。私に交渉させてください。

自らそう名乗り出た顕良に、最初難色を示しつつも最終的には信頼し、指揮を任せてくれた秋沙のためにも。

大倭国周辺の海流を突破《とっぱ》する方法を知る艦長と、秘宝を所持する秋沙、この二人が他国の手に渡ることはなんとしても避けなければならないのだ。

そのためにはなんとか自分が敵を食い止め、あわよくば引き下がらせる。それが無理でも極力被害を最小限にとどめつつ、秋沙と艦長の二人から敵の目を逸《そ》らす必要があった。

「気をつけろよ。なにかがおかしい……まるで待ち伏せしていたかのような手際のよさだ」

雁屋の心配の声に、顕良は小さくうなずいて腹に力を込める。

むら雲がさぁっと引き、恐ろしさすら覚える、大きく煌々《こうこう》と輝く月がその姿をあらわにする。

その月明かりに不吉な予感を覚えて、騒ぐ胸を抱えつつも敵陣を見据える顕良の視界――居並ぶイシュメル王国軍の獣人兵の間から、蒼白い月光を切り裂き、深い闇が浮かび上がるかのように一際《ひときわ》大きな影が降り立つのが見えて、思わず息を呑む。

「………ッ」

銀の飾りボタンと金糸にふちどられた漆黒の軍服の前ははだけて隆々とした筋肉に覆われた胸板が覗《のぞ》き、鮮《あざ》やかな赤の腰帯が返り血のごとく禍々しく目に焼きつく。

常人よりも大きいと言われる獣人の中でも、彼の体躯は無駄を削ぎ落とした実用的な筋肉で鎧《よろ》われていて、その強靭《きょうじん》な身体を艶やかな闇色の獣毛が覆う。

栗色や褐色の他の獣人兵の毛並みとは違う、月光を浴びて蒼銀色の光沢を放つ漆黒のたてがみと、青みを帯びた濃い灰色のその獣毛だけではなく、見る者を震え上がらせるほどの荒々しく狂暴な空気をまといながらも他を圧倒する威厳を兼ね備えているその姿に、顕良は瞬時に彼がこの

獣人兵たちの指揮官であると悟った。

――それだけではない。この漆黒のたてがみ、もしや……。

よぎる不吉な予感を胸に抱えつつ、目を逸らすこともできずに立ち尽くす顕良のほうへと、ふと彼が顔を向けた。

まなざしが絡み合い、瞬間、男の視線はまさしく獲物を狙う猛獣といった鋭さで顕良を射貫《いぬ》く。

その瞬間、胸の奥から不可解な感情が込み上げてきて……その激しさに知らず、背が震えた。

そんな自分に戸惑いつつも必死に平静を装う顕良を見て、黒獅子がわずかに口角を上げると、

「貴様がこの艦の指揮官か」

そう低く問うた。

「そうだ」

正確には違うが、指揮官から権限を委任されているのだから、嘘というわけでもない。なにより秋沙たちを矢面《やおもて》に立たせるわけにはいかないのだ。

警戒しつつもうなずく顕良を、黒獅子は検分するように見下ろす。

「……まあいい。俺はイシュメル王国国王、ギルス・ルガルキドゥル」

ルガルキドゥル、という名が出たとたん、顕良は自分の中にあった不安が現実となったことを知った。

――広い大陸全土でも注目を集めているという、多くの獣たちを束ねて彼らの長として各地を統べ、君臨し、その名を轟《とどろ》かせている黒い大獣。それは代々ルガルキドゥル、という名を冠し、

イシュメル王国を支配していた。その噂は、他国と断絶された島国である大倭国にさえ、交易に出た軍人などから語り草として伝わっていた。

その漆黒の毛並みを見た時から、もしや、とは思っていた。だが……。

獣人によって国崩壊の危険にまで追い詰められた過去を持つ大倭国にとって、獣人の支配する国であるイシュメル王国は鬼門《きもん》であり、存在すら禁忌《きんき》とされているというのに。凶悪な獣どもを束ねる長など、顕良たちにとっては鬼や悪魔に等しいものだった。

さらにタチの悪いことに、彼らは常人とは異なる進化を遂《と》げて常人ではありえない尋常ならざる力、そして獣としての本能を備えている。そのせいか半獣とはいえ仮にも人語を理解し、人の形をしているというのに、常人とは違う倫理観を持つというのだ。

よりにもよってそんな存在が自分の前に、しかも重要な任務を背負っている今、現れるなんて。

「私は大倭国海軍少佐、天神顕良。ルガルキドゥル殿、どのような理由があって我らの艦をこのような形で拘束したのか、聞かせていただきたい」

海賊さながらの傍若無人《ぼうじゃくぶじん》な行為に対して憤り、噂に違《たが》わぬその狂暴さに内心おののきつつも、顕良は努めて冷静に返す。

迎撃のための布陣を敷いてはいるが、正面切って戦うには、あまりに戦力差がありすぎた。

「――では、単刀直入に問おう。ここにお前たちの国のオメガが乗っているだろう」

「……オメガ……?」

ギルスの口から発せられた聞き慣れぬ単語に、顕良は眉をひそめた。

鎖国的な大倭国においても、海軍軍人にはこの世界の共通語である大陸語の習得を義務づけられていて、基本的な言葉はある程度理解できる。だが、それはあくまで日常会話や軍で必要な用語に特化されていて、他国の文化に関する単語などまで把握しているわけではない。

「しらばっくれているのか、本当に理解していないのか知らないが……まあいい。オメガとはつまり、我らのような獣人種の牝のことだ」

「……………ッ！」

低く言い渡されたその言葉に脳天をぶん殴られたような衝撃に見舞われて、瞬間、顕良の目の前が昏《くら》くひずむ。

獣人種の牝――これも聞き慣れない言葉ではあるが、さすがにそれがなにを示しているのか、気づいてしまった。

「なんだと……？　俺らの国ではあいつらのような獣なんざ、とうに消え失せたってのに……」

雁屋のつぶやきに、顕良の頭から血の気が引き、足元がふらつきそうになるのを必死に耐える。

消え失せた大倭国の獣の牝――『狛犬様』の血を引く『陰種』であり、『傾国』と呼ばれる呪われし存在。つまり、それは……。

「……そのような者はいない。我らの国では聖獣の子孫は絶滅して久しいのだ。そちらはなにか思い違いを――」

動揺にバクバクと激しく脈打つ心臓を必死になだめ、切り抜けようとした。だが、

「嘘だな」

さえぎられ、反論を赦さぬ確固たる力強さでそう切り捨てられて、顕良は言葉を失う。

なぜ、『傾国』の存在を知られてしまったのか。

混乱と恐怖に脅かされる中、その正体が顕良なのだとまでは気づかれていないらしいということだけが、唯一の救いだった。

「ずっと俺は、かの存在を探し求めていた。お前らにとって、大倭国固有種のオメガの存在は禁忌であり、秘匿《ひとく》中の秘匿。すんなりと認めたりするはずはないということも百も承知だ。だからこそこういった手段に出るしかなかったのだ。……そもそも、違うと言われて大人しく引くくらいなら、こんな大軍を引き連れて他国の艦を拿捕《だほ》などすると思うか」

大倭国のことを調べ上げ、さらに揺るぎない意志を持って彼らはこの凶行に及んだのだと突きつけてきた。

すでに交渉の余地はなく、しかも自分の存在が原因で皆を巻き込んだことを知って、顕良の全身から血の気が引いていく感覚に襲われる。

「あくまで隠し立てするというなら容赦はしない。力ずくで突破し、オメガを奪い取る。それが、我らの目的だ」

「野蛮な……！」

「ふん。お前の部下は獣人種の牝の存在自体知らない、という反応をした。おおかた軍内部ですら存在を隠蔽し、人目につかぬよう閉じ込めているのではないか？　どの道、ろくな扱いをしてはいないのだろう。野蛮なのはどちらだ」

罵《ののし》りにもまったく動じず、ギルスはさらに追い詰めてくる。

蛮行《ばんこう》に及んだ上に大倭国民を愚弄《ぐろう》しているというのに、罪悪感の欠片《かけら》も感じさせぬ堂々とした態度を貫くギルスに、やはり獣に人の道理は通じないのかとギリリと奥歯を噛み締める。

――獣になにが分かる……！

誰にも「裏切り者の『傾国』」などと呼ばせぬ。牝などとあなどらせぬ。決して矜持を踏みにじらせぬ――そのために、自分は血のにじむような努力をしてきた。

自分は、ギルスが言うような日陰の存在などでは断じてない。

雄々しく勇敢な大倭国軍人として認められるためにそれこそ死に物狂いで鍛練を積み、最年少で少佐となり、小隊を任されるまでに昇り詰めてきたのだ。

それを勝手に哀れな存在のように言い放ち、あげく獣の牝などというおぞましいものとして扱わんとするこの男を、決して赦さない。

「……貴様らも、オメガとやらを無理矢理奪おうとしているではないか」

ふつふつと湧き出す怒りをなんとか抑え、顕良が低く問う。

だがギルスはニヤリ、と不敵な笑みを頬に刻むと、

「無理矢理でなければよいのだな？」

そう言うが早いか、目にも留まらぬ速さで腕を振り上げる。そして、

「ぐぁ……ッ!?」

その動きにかろうじて反応し、来る、と身構え素早く刀を抜いた顕良ではなく――傍《そば》にいた

部下めがけ、凶悪なほどに研ぎ澄まされた爪が振り下ろされる。その大きな掌《てのひら》に打ちつけられた衝撃、そしてまるで鋼鉄《こうてつ》の刃ような鋭い爪に、構えていた刀を無惨《むざん》にへし折られ、その破片とともに宙を舞った部下の身体が甲板へと叩きつけられる。

「貴様……ッ」

凶悪なほどの力を目の当たりにして覚えた驚愕と戦慄《せんりつ》は、しかし次の瞬間、倒れ伏す部下の姿に顕良の中で灼けつくような憤怒《ふんぬ》に塗り変えられた。

「容易《たやす》いことだ。ここにいるすべての者を倒し、オメガに俺こそがつがいにふさわしい強い雄であると示せばいいだけの話なのだからな」

しかもまるで強い雄ならば敵だろうと節操なしに尻尾を振るのだろうといわんばかりの言い草に、顕良の中で沸き立つ怒りはさらに煮え滾《たぎ》る。だが、その時、

「獣に屈するな……!!」

仲間を奮《ふる》い立たせようと叫ぶ雁屋の声が朗々《ろうろう》と響き、顕良はハッと我に返る。

「ギルス様を獣と言うか……いかにも無知で身のほど知らずの蛮族の台詞《せりふ》よ」

血の気の多い雁屋が飛ばした檄《げき》に、それまでは控えていたギルスの配下が殺気を帯びる。

「なにをぬかしやがる、獣の本性剝き出しのお前たちこそ野蛮で原始的な蛮族じゃねえかッ」

まずいと察し、顕良が制止するよりも早く、雁屋が叫ぶ。

ギルスの腕が再び振りかぶられる気配を察知し、顕良は飛び出した。

雁屋を打ち倒さんとするギルスの前に顕良は気合いとともに抜刀しながら躍り出し、刀を抜き

放った勢いで爪を弾き、薙《な》ぎ払う。

正面から捉えた彼の鬼神のごとき殺気にみなぎった相貌と、目の前を横切った巨大な拳と鋭い爪の残像が目に焼きつく。もし目測を少しでも誤《あやま》り、それを受けたなら……顕良の身体はボロボロに引き裂かれていただろう。

ドクドクと脈打って今にも喉許までせり上がってきそうな心臓を、深呼吸してなだめ、駆け寄ってこようとする部下たちを目で制止すると、

「これ以上部下に手を出すな……！　なぜ直接私にかかってこない⁉　野蛮な上に卑怯《ひきょう》な獣め」

顕良はギルスの前に立ちはだかり、挑発的に吐き捨てる。

「犠牲を出したくないのならば、オメガを差し出せばいい。我らが必要としているのは、あくまでオメガのみだ。他の者などどうでもいい。穏便《おんびん》に事を納めたいのならば、素直に引き渡せ」

ギルスのその返答に、顕良の心は決まった。

あくまで自分の存在がこの獣たちを呼び寄せてしまったのなら、すべて自分で片をつける。

「――海賊まがいの強襲をかけた上に、因縁《いんねん》をつけて我が艦の者を無理矢理さらおうとする蛮族などに、大倭国海軍少佐である私が、断じて屈するわけにいかぬ」

どれだけ彼らが探すオメガなどという者はいない、と言い張ったところで、もう通用しないことは明らかだった。

秘密を暴かれ、獣に堕ちるくらいなら……大倭国軍人として勇ましく戦って散ってやる。

そしていまわの際《きわ》に、我こそがオメガだと教えてやろう。探し求めた者を自ら壊してしまった

ことにせいぜい絶望し、骸《むくろ》でも連れて帰るがいい。

だが、大人しく壊されてやるつもりはない――

蒼白く燃える炎のような激しい怒りと決意を秘め、顕良は腰に帯びた愛刀の鍔《つば》に手をかける。

隣にいる雁屋の息を呑む音が聞こえてきて、顕良は彼が自分の意志に気づいたことを悟った。

だが、雁屋や、そして部下たちの顔を見ることはできなかった。

死に際、顕良の告白を聞いた彼らは、今まで正体を隠してきたことに、騙《だま》されたと怒るだろうか。それでも……少しは別れを哀しみ、惜しんでくれるだろうか。

大勢が戦う意志を示せば、向こうの軍も本格的に動き出してしまうだろう。そんな事態になるのを絶対に避けるためにも、あくまで指揮官同士一対一の勝負に持ち込まなければならなかった。もしも顕良のことを暴力で脅せば屈して口を割るような人間だとあなどったのだとしたら、目にものを見せてやる。

細身の自分は、見た目であなどられることも多かった。だがその悔しさをバネに身体的に劣った部分を補おうと、幼い頃から柔術や居合いを始め、軍人になる前から鍛練を積み重ねてきたのだ。

「――死にたいのか…？」

顕良の双眸を見据え、ギルスはすがめた目に不穏な光を宿し、唸った。

顕良は言葉は返さず、俊敏な動作でギルスへと斬《き》りかかった。

「天神少佐…ッ」

「雁屋、来るな……!!」

顗良は叫び、加勢しようとする雁屋を制止する。

ギルスがすんでのところでそれをかわし、すぐさま臨戦態勢に入った。

顗良も応じ、大きな拳に捉えられぬよう足を使って翻弄し、返す刀で次の攻撃を繰り出す。

ただ死に逝くつもりはない。『優等種』であるこの男にもしも勝てたならば、自分が『劣等種』などではないと証明できる。

両者の攻撃がぶつかるたび、その激しさを物語るように刃が鳴り、火花が散って――二人の間合いには、踏み入ることを赦さない殺気が満ちている。

互いの呼吸を読み合っての仕合いはどこか、真剣で行う剣舞を彷彿《ほうふつ》とさせた。

ギルスの無駄を極限まで削ぎ落としたその動きに合わせ、見事に鍛え上げられた筋肉がうねり、月の光の蒼白い光を浴びて輝く獣毛がなびく。

それは神々《こうごう》しさすら帯びて、顗良の目に焼きついた。

――相手は獣なのに……なぜ……。

美しい、とすら思ってしまう。

戦う彼の逞しい体軀から漂うその雄々しく気高い気配に、熱に浮かされるような不可思議な高揚《こうよう》感を覚え、顗良は今まで感じたことのない腹の底が疼くような熱を感じていた。

「………ッ」

だがズキリ、と手首に痛みが走って、氷水を浴びせられたように顗良は昂《たか》ぶりから冷める。

やはり巨体から繰り出される凶爪の攻撃は一撃一撃が想像を絶する威力だった。できる限り正面から攻撃を食らわないようにしてはいても、刀から伝わる衝撃に、顕良の身体が徐々に悲鳴を上げはじめていた。力で劣るのを手数を稼いで凌《しの》いでいる分、体力の消耗《しょうもう》も激しく、このままではただ絶対的な力に圧されて、敗北の瞬間を待つのみとなるのは目に見えている。

なんとか攻撃をかわしつつ、どうすればいいのか必死に考えをめぐらせていたその時、

「ク…ッ！」

劣勢に追い詰められる中、ギルスの爪が、顕良の刀を捉えた。

刀が弾かれ、空を舞う。

落ちた刀を見やる顕良に、ギルスがその視線を追う。

その体格差から素手で応戦することが難しい顕良は、当然刀を拾いに行く——と見せかけて、ギルスに突進した。

不意打ちに一瞬遅れて振りかぶろうとした彼の腕をつかみ、身を翻《ひるがえ》らせて背へと回る。

「動くな。命が惜しければ撤退命令を出せ…!!」

後ろから首を押さえ、懐《ふところ》から取り出した小刀を頸動脈に当てて恫喝《どうかつ》した。

「なるほど、分かった」

無念そうに唸るギルスに、勝機を見いだせたかと、胸が希望に沸き立つ。だが、

「お前が捨て身になるほど追い詰められ——それでも引く気がない、ということが」

静かな声で続けられた彼の言葉に、ギクリとする。

丹念に手入れされたその刀を見れば、顕良がどれほど大事にしてきたか分かるだろう。その愛刀を捨てる、というのは、顕良にとってまさしく捨て身だった。

「できれば傷つけたくはなかったが……」

言いざま、ギルスは拘束などものともせず、顕良の腕へと手を伸ばす。

「動くな……！」

「刺したければ刺せばいい。こんな短刀では俺にかすり傷をつけるのが関の山だがな」

馬鹿《ばか》な。そう否定しながらも、手に伝わるしなやかな獣毛と鋼鉄の板が入っているかのような強度を持った首筋の感触、なにより王の首許に刃を突きつけられてもまったく動じていない獣兵たちの姿にもしかして、という思いが顕良の脳裏をよぎった、次の瞬間——顕良の手が短刀ごとわしづかまれ、電光石火の速さで甲板に身体を叩きつけられていた。

「かは……ッ!!」

とっさに受け身を取ったものの、したたかに背中を打ちつけられ、衝撃にうめく。

顕良の身体にのしかかり拘束すると、手から短刀をもぎ取って投げ捨てたあと、刃をつかんでなお、言葉通り血一つ流していない掌を目の前でおもむろに開いてみせた。

圧倒的な力の差。

相手の間合いに入った時点で、いや、対峙した時、すでに勝敗はついていたのだ。そう思い知って、顕良は愕然とする。常人とは違う、と聞いてはいたが、獣人の戦闘能力がここまで人のそれを凌駕するとは想像だにしていなかったのだ。

「赦せ。もしも無駄に希望を持たせてしまったなら可哀想《かわいそう》なことをした……お前がどれほど鍛練していたかは太刀筋《たちすじ》を見れば分かる。美しかったぞ。できればずっと眺めていたいと思ったほど」

同情のこもったその声に、カッと焼けつくような怒りが腹の底に湧く。

押さえつける力すら、顕良が必要以上に苦しさを感じないよう加減されているのが分かる。

どれほど人を愚弄すれば気が済むのか。

悔しさに身震いし、きつく奥歯を噛み締めて込み上げそうになる慟哭《どうこく》を押し殺す。

そんな顕良を見下ろし、ギルスは切なげに目を細めると、

「だが力ずくで組み伏せられる以外にお前が認めることはないと分かった以上、俺はこうするしかない」

やるせなさを吐き出すように、そう告げた。

その言葉に、とっくにこの男は顕良の正体に気づいていたことを知る。

「お前が、俺の探し求めていたオメガだ。そうだろう?」

言い渡されたその言葉に、顕良の心臓が凍りつく。

「ふざけたことをぬかすな、獣が……！　顕良がてめえらの仲間なわけないだろうが!!」

食ってかかろうとする雁屋が、ギルスの配下に羽交《はが》い締めにされて取り押さえられた。

「吼《ほ》えるな。ケダモノは貴様らだろう。仔を産む大事な身にこんな危険な任務を課すとは」

雁屋を冷たい双眸で見下ろしながら告げられた不遜《ふそん》なその台詞に、ギリッ、と血がにじみそうなほど唇を噛み締め、顕良はギルスを睨みつける。

「私は……獣の理《ことわり》など知らぬ。『陽種』に屈服するのが『陰種』の定めというならば、そんな呪われた運命など変えてみせる」

たとえこの身が獣の血に蝕まれていようとも、心まで侵《おか》されてたまるものか。

だが、あくまで逆らう姿勢を崩さない顕良にギルスは目をすがめ、「やれ」と低く命じた。

「雁屋……ッ！」

号令とともに繰り出されたギルスの配下の容赦ない攻撃に、雁屋はなすすべなく吹き飛ばされ、ガハッ、と血を吐いて倒れ伏す。

これ以上抵抗することの意味をまざまざと思い知らされ、顕良はうなだれると、

「……いつから、気づいていた……」

もう言い逃れることはできないのだという諦めに、問うた。

「最初から。でなければ、悠長にこんな足止めに付き合ったりなどしないさ。こちらの手に落ちるくらいならばと、オメガに危害を加えられる可能性もあったのだからな」

その言葉に、顕良は驚愕にこぼれんばかりに大きく目を見開く。

見ただけで、すぐに『獣の牝』だと分かったというのか。

「お前に俺の仔を産んでもらう。それが我らの理であり、運命だ」

「獣の仔を産むだと？　そんな扱いを受けるくらいなら、いっそ拷問にかけられて処刑されたほうがましだ…ッ」

恐ろしい宣告に打ちのめされ、顕良は絶望にうめいた。

あくまでギルスの掌の上で踊らされていただけだったのだ。

必死に活路を見いだそうとあがいていた顕良を、この獣は憐《あわ》れみの目で眺めていたのだろう。あまりに間抜《まぬ》けな自分が可笑《おか》しくて、顕良は乾いた笑いを漏らす。

牝として扱われ、これ以上獣に辱《はずかし》められ、生き恥をさらすくらいならば。

笑いを止め、顕良はギルスを睨み上げる。

どれだけ強大な力でねじ伏せてこようとも、この獣の思い通りになどさせない。そのために、顕良ができる最後の抵抗。

覚悟を決め、舌を嚙もうとした時——しかしあごの付け根をきつくつかまれ、阻《はば》まれる。

「もしオメガが傷つけられたりしたならば、俺はこの艦のすべての者を血祭りにあげるだろう。……これは、お前自身が自刃《じじん》したとしても同じことだ」

「うぐ、ぅ……っ」

軋むほどにあごをつかまれ、舌を嚙むどころか口を閉じることすらできずに、顕良はうめく。

死にたいのか、と言い放ったこの男の真意は、歯向かう者に対する恫喝などではなかったのか。

大倭国軍人として勇ましく戦って散る。そんな顕良の覚悟までを、この男はとうに見抜いた上での言葉だったのだ。

もしも自害などしようものならば、この艦すべての者が犠牲になる。

そしてこの男がその気になれば、瞬く間にそれは実行される。

獣人のあまりに強力なその能力を思い知った今、それが決して嘘などではなく単なる事実なのだと悟らずにはいられなかった。

「……理解したか？」

身体から抗う力が抜けたのに気づいたのか、あごを締め上げる力を慎重に緩めるとギルスは顕良に返答を促《うなが》す。

「……それ、は……脅しか……」

「どう捉えようが構わない。俺は言ったはずだ。必要としているのは、あくまでオメガのみだと」

素直に引き渡すというのなら、穏便に事を済ませてやってもいい——そう言ったのを覚えている。彼の言葉を、今は信じるしかないというのか。

「それとも、お前の矜持とやらと道連れに、絶望的な状況下にもかかわらず戦う意志を示した、忠実で勇敢な部下たちを死地へと送るか？」

ギルスの合図で居並ぶ獣兵たちが臨戦態勢に入るのを見て、顕良の胸が絶望に塗りつぶされる。

彼一人だけでもその力に圧倒されたというのに、彼らが一斉に襲いかかってくればひとたまりもなく全滅するのは目に見えていた。

敵《かな》わないことは、分かっていた。

それでも……どれほど儚《はかな》い望みか知りつつも、最後まで諦めず抗いたかった。

しかしもう、それすらも赦されないのだと知って、顕良の目尻から、こらえきれず熱い雫が零れ落ちる。

「わ…たしが、……だ」

震える唇から、かすれる声を絞り出す。だが、

「お前が……なんだ?」

赦さず、顔を覗き込んでさらに問い質《ただ》すギルスに、ギリ…ッと奥歯を噛み締め、睨みつけると、

「私が……お前の探しているオメガ、だ……っ」

牝、という言葉を口にすることなどできず、聞き慣れぬ彼らの言葉でそう告げた。

顕良の告白にどよめき、うろたえる部下の様子が伝わってくる。

「……嘘だろ……顕良……?」

雁屋のうめくようなつぶやきに、胸が潰れそうに軋みを上げる。

上官としてではなく、友としての呼び方でそう問うてくる彼の思いが、胸に突き刺さる。

嘘であって欲しい、と――そう願う友の思いが。

「あ…ぁ……」

災《わざわ》いを呼ぶ『傾国』の呪い。ずっと聞かされてきたそれが、現実味を帯びてのしかかってきて、誰もが思わずにはいられないだろう。

顕良の『傾国』としての血が、この事態を招いたのだと。

自分の傍にいたために巻き添えになってしまった雁屋に、どう詫びればいいかすら分からないまま、恐る恐る彼のほうへ顔を向けようとした。すると、

「他の男を見るな。今からお前は俺の『牝』だ」

苛立《いらだ》たしげにあごをつかみ直し強引に自分のほうに向け、ギルスは顕良が避けた侮蔑《ぶべつ》的な言葉

をあえて使い、言い渡した。

「……ッ」

その一言で自分がこれからどんな扱いを受けるのか察し、あまりの恥辱《ちじょく》に目の前が昏くかすむ。

拘束が解かれ、身体を横抱きに抱き上げられ、顕良はギョッとする。

「なっ、離せっ！」

わざと部下の前で、まるで女子供のように扱っているのに違いなかった。自分の立場を思い知らせるために。

どこまで人を侮辱するのかと憤り、腕の中から抜け出そうともがき叫ぶ顕良に、ギルスは拘束をきつくする。

「……そんな反抗的な態度で、自由にさせられるとでも？」

「だったら押さえつけて、縛り上げでもしろ」

女扱いされるくらいなら、いっそ敵兵として捕虜扱いされるほうがいい。

あくまで抵抗の姿勢を貫く顕良を見下ろして、ギルスは眉間に深いシワを刻み、唸る。そして深いため息をつくと、

「おい。この男を連行しろ」

雁屋を指差し、彼は獣兵の一人に指示した。

「なにを……」

「人質、といったところか。こうでもしないと、お前は艦を逃がしたとたんどんな行動を起こすか分からないからな」

察しのいいギルスの指摘に、顕良は歯噛みする。

大倭国の艦が無事にイシュメル王国海軍の魔の手を逃れられたなら、その時こそ命を絶とうと考えていた。なのに。

「どうやら特にこの男はお前と親しいらしいが……この先は、言わずとも分かるな？」

ギルスにそう告げられ、顕良は息を呑む。

自分の行動一つで、雁屋が犠牲になってしまう。

……己の矜持のために学生時代からの親友を見捨てることなど、できるわけがない。

すべてを見透かすまなざしで見据えられ……今度こそ、顕良は抗うすべを失い、うなだれた。

2

拘束された顕良と雁屋はギルスたちの艦へと連行された。

といっても、手枷をつけられて獣兵たちに引っ立てられ、艦底部屋に閉じ込められたのは雁屋だけだ。艦底部屋は狭い上に窓もなく、機関室の傍にあるせいでその振動と騒音が鳴り響き、ずっと燃料や機械油の臭いが立ち込める酷い部屋だった。それでなくとも獣人の攻撃をもろに受け、怪我をしているというのに、手当てすら受けられていないのだ。

だが顕良は逃げ出さないよう見張りをつけられてはいるものの、乱暴な扱いをされてはいない。それどころか、顕良が連れていかれたのは軍艦内とは思えないほど広く、品のいい上質な内装が施された居住区の一角だった。

自分のせいで雁屋を巻き込んでしまったのに。顕良自身が人質として過酷な扱いを受けたほうがずっとましだった。

何度も雁屋を解放するよう嘆願した。せめて自分を雁屋と同じ処遇にしてくれと訴えても、一笑に付《ふ》されるだけで、「人質の処遇は、これからのお前の態度次第だ」と言い渡された。

わざわざ顕良に雁屋が押し込まれた艦底部屋を見せたのも、それを思い知らせるためだろう。

そう言い渡されてしまえば、もう口にできる言葉はなくなって、顕良は拳を握り締めて申し訳なさと己のふがいなさに込み上げる嗚咽《おえつ》をこらえるしかなかった。

海軍兵学校や軍でも、一人のために連帯責任で仲間全員に罰を受けさせることもあったが、一番堪《こた》えたのはわざと本人以外の仲間全員に罰を受けさせることだった。イシュメル王国海軍でもそういった罰を課すのだろうか。下手な拷問よりも残酷で効果的だ。少なくとも顕良にとっては。

優美な革張りの椅子に座ることなどできず、顕良はあえて絨毯《じゅうたん》の敷かれていない冷たい板張りの床に腰を下ろし、思考に耽《ふけ》っていた。

どうすればこの状況を切り抜けられるのか。

嘆いていても、時間と心を消耗するだけだ。そんな暇があるならば、考えなければ。

「天神少佐……そんなところにお座りになられては、お身体に障《さわ》ります」

世話係としてつけられた少年兵に声をかけられて、顕良はうなだれていた顔をわずかに上げ、その姿を見やった。

筋骨隆々《きんこつりゅうりゅう》とした肉体で全身が獣毛で覆われている獣兵とは違い、少年兵はほぼ人と変わらないように見える。それでも、少し先が丸いがふさふさとした毛で覆われた三角の耳と尾《び》てい骨あたりに尻尾が生えていて、彼もまた獣人の仲間だということを示していた。

「……なにか温かいものでもお持ちしましょうか？」

「私はなにも要《い》らない」

気遣わしげに尋《たず》ねる少年兵に首を振り、顕良は再び視線を床に落としてそれ以上の介入を拒む。

あの扱いでは、雁屋はろくなものも食べさせてはもらえていないだろう。自分だけがぬくぬくと敵に与えられたものを頂くなど、ありえない。

少年兵が弱ったように小さなため息を一つ零すのが聞こえて、チクリと胸が痛んだ。

彼を困らせたいわけではなかったのに。敵とはいえまだ少年で、悲しげな態度を取られると、どうにも居心地の悪さを感じずにはいられなかった。だが、

「あ、あの、じゃあひとまず僕は下がらせていただきますね。最後にギルス陛下から伝言です。隣のシャワー室で身を清めておくように、着替えは棚に用意してある……とのことです」

そう告げられた瞬間、顕良はガバッと勢いよく顔を上げ、彼を睨みつけた。

「なぜ今、身を清めなければならない……？」

「え、それはその……それが礼儀でしょう？　天神少佐はオメガなのですよね？　手に入れたオメガは、他のアルファに目をつけられる前にマーキングするのが普通ですから」

なにを当然のことを、といわんばかりの様子で告げられて、顕良はきつく寄せた眉間のシワをさらに深くする。

「……マーキング、とは一体なんなのだ」

「そ、その、僕も詳しくは知りませんが、身体や分泌物をこすりつけ、相手に自分の匂いを染み込ませる、と習いました……」

「――もういい」

燃え立つ怒りを宿した顕良のまなざしを正面から受け、「ヒッ」と少年兵が怯えた声を上げる。

「え、えっと、すみません！　それでは失礼いたします…っ」

なぜ不興を買ったのか理解していないのか、怯えた表情でそう言って少年兵はそそくさと部屋をあとにした。

閉じられた部屋の扉を見据えながら、顗良は歯噛みする。

彼を怯えさせた罪悪感は一瞬で、それはすぐにギルスへの怒りに塗りつぶされる。

――ギルス。あの男……!!

顗良を『獣人種の牝』などと言い放ち、侮辱的な言葉を吐いたあの男。

ギルスが身を清めておくように、とわざわざ言付けた、ということに不穏なものを感じたが、まさかさっそく『牝』として扱おうとするとは。

あの男とて任務中であろう今、まさかこの軍艦の中でそういったことはないだろうと油断していたのに。想像したくもないし、正直、自分の中に流れる獣の血のことについては触れるのも禁忌だったせいでほとんど知識がなく、ぼんやりとしたことしか分からない。

しかしそれゆえに、獣人に女扱いされる、というのが具体的にどういったことなのか理解できず、一体なにをどうされるのか、のしかかる不安と恐ろしさに押しつぶされそうだった。

いっそ、さっさとイシュメル王国に着いてしまえばいい。

ただ問題の先送りにしかならないと知っていながらもそう願っていた顗良の耳に、無情にも扉の開く音が聞こえてきた。軽やかな少年兵の足音とは明らかに違う、重みを感じる響きに、ギクリとして顗良がぎこちなく振り向く。

すると——恐れていた通り、ギルスがそこにいた。

「きちんと綺麗に身体を洗ったか？」

かけられた言葉に、ギリ…ッ、と歯を食いしばり、無言で顔を背ける。

「……まあ、素直に言うことを聞くタマだとは思っていなかったが」

苦笑交じりに呟く声も、顕良は黙殺する。だが、

「俺の言うことを聞いたら、捕虜の男の手当てをして、食事を出してやろう」

そう告げられ、ハッとして顕良は彼を見上げる。

自分の矜持などにこだわっている場合ではなかった。

秘密を暴かれた上に獣の手に堕ちた時点で、大倭国海軍少佐としての自分はもう、死んだも同然なのだ。せめて最後、雁屋だけでも助かるように動くべきだ。

どれだけ屈辱的なことだろうと……それが皆を、雁屋を巻き込んでしまったことへの罰だというのなら、甘んじて受けるべきなのだろう。

「一つ言うことを聞くたび、捕虜の男の待遇をよくしてやる」

あごをつかまれ、顔を引き寄せられる。

雁屋。今も傷を負ったままあの酷い船底部屋に監禁されているだろう、親友……彼もまだ、そう思ってくれているかは分からないけれど……。

拒むことができなくなって、顕良はきつく眉をひそめながらも、近づいてくるギルスの顔を見つめる。

けれど唇が触れそうになる直前、ギルスは動きを止めると、

「……それほどに、大事なのだな」

どこかやるせなさそうに、そう呟いた。

意図が分からず、顕良は彼を見上げる。

雁屋のことを言っているのだろうか。だとしたら愚問《ぐもん》だ。それゆえに、人質として価値があると考えたのだろうに。

だがギルスは小さくため息をつき、「なんでもない」と首を振ると、

「お前は自分の身体について、どのように教えられてきた？」

真剣な表情で、そう尋ねてきた。

一番触れられたくない部分に切り込んでくるその質問に、冷たい鉛《なまり》の塊《かたまり》を呑み込んだかのように顕良の胸が重く塞がる。

――『傾国』は快楽に弱い。本能的に強い雄を求め、ひとたび暴走すれば倫理も道徳も通用しない、神の加護を失った獣に堕ちる。

教育係でもあった秋沙から、『傾国』の特徴に、堕落し乱れた性衝動があると聞かされていた。その忌まわしき衝動を抑えるため、顕良は『抑制剤』と呼ばれる薬剤を定期的に服用することを義務づけられていたのだ。

自分は違う。決してそんな風に堕ちたりなどしない。

そう心に固く誓いつつも、内心その呪わしい性に怯え、決して他人に知られたくないそれを、

口にすることすら恐ろしかった。

けれど……答えなければ。雁屋が人質にとられている今の自分に拒否権などないのだから。

震える唇を開こうとする。しかしそれをさえぎってどこかやるせなさそうに首を振り、ギルスが顕良の頬に触れた。

「まあ、お前たちのこれまでの言動で、大体どのような扱いだったのか察してはいたが……」

困惑に固まる顕良の頬を撫で、ギルスはひとりごちる。

「この大陸には、我らイシュメル王国以外にも獣人の住む国がある。だが獣人は常人と比べて数が少ないからな。我らアルファ……獣の雄は、近親婚を防ぐために、できるだけ遠い地で伴侶となるオメガを探す」

まるで聞き分けの悪い子供に言い聞かせるような口調で彼が続けた。

「そんな我らにとって、遠い東の果ての島国に住む、しかも国交が断絶されていて滅多《めった》に姿を現すことのないオメガがどれほど貴重で、価値のあるものか……お前は知らないだろう。そうでなければ、あんな風に自分をおろそかにするような真似はしない。俺から見ればむくつけき男たちとともに前線に飛び出してきたお前の姿は、例えて言うならば稀有《けう》な宝玉が剝き出しで無造作に汚れた床に転がっているような、それくらい異常な光景だったぞ」

「なにを綺麗事を…っ」

こらえきれず、顕良は叫ぶ。

どう言おうが、顕良の意志を無視して暴力でねじ伏せ、連れ去った事実は変わらない。

彼らにとってオメガなど、繁殖の道具にすぎないのだ。稀有だとか口にしているが、所詮《しょせん》、辺境の地の変わり種のオメガを物珍しさからありがたがっているいると言っているようなものではないか。

「先代王は何人ものオメガを娶《めと》り、妃となった者を皆、嬲《なぶ》りものにした上に殺したと聞いたぞ。……私も、嬲り殺す気なのだろう」

一夫一妻制で姦通を重罪とする大倭国では考えられない。爛《ただ》れた、凶悪な王の話に、さすが獣の王よ、と恐れと皮肉交じりに、獣人の狂暴性を表す話として語り草となっていた。

そこまで考えて、ハッとする。

だからこそ、この男は顕良を選んだのではないだろうか。

彼にしてみれば大倭国など、吹けば飛ぶような小さな島国。軍事力で押さえつければなにがあろうと揉み消せるほどの国力の差がある。たとえ顕良が死のうがどうなろうが……。

「……そんなに、死にたいのか」

呟くギルスの顔は苦しげにゆがみ、声はかすれて、責めるような響きを持っていた。

こんな状況に人を追い込んでおいて、よくも。

顕良はグッと腹に力を込め、ギルスを睨み返した。

どの道捨てようとしていた命だ。どんな残酷な目に遭《あ》おうとも、恐れるものか。

——殺すなら殺せ。

憤りを嚙み殺し、そう胸の中でひとりごちて、顕良は腹を決めた。

「……好きにすればいい」

「――その言葉、後悔しないな……？」

低く這うような声で問い質し、挑発的な視線で見据えてくるギルスに、顕良はただ、強い意志を込めて見つめ返す。

「まったく。その様子では俺とつがう、ということの意味もろくに理解していないだろうに……」

苦いものを呑み下したかのように顔をしかめて呟いたあと、しかし彼はふいに迷いを振り切るように「分かった」と呟くと、不敵な笑みを浮かべる。

「死ぬくらいならばその身体、すべて俺によこせ。これからじっくりと教えてやろう……俺とつがうということの意味も、そして、お前自身の身体のこともな」

囁いてきた声はどこか危ういものを感じさせるほどの色香を帯び、顕良の鼓膜を震わせて……背に、ゾクリとした痺れが走る。

「脱げ。今着ているものすべてだ」

「………ッ」

厳然とした口調で告げられた命令に、顕良は身を強張らせる。

「どうした。さっきの啖呵《たんか》は単なる強がりか」

身動きできずにいる顕良を見据え、ギルスは低く笑う。さっきまでとは違う、狂暴な空気をにじませた彼の存在感に気圧《けお》され……身に募る緊張に、息が苦しくなる。

「なんで……こんな回りくどい真似をするんだ」

てっきり力ずくでいいなりにされるものだとばかり思っていたのに。

もちろんそんなことを望むはずもない。

かといってこの男に雁屋の身柄を押さえられている以上、顕良に逃げ場などない。

それでも、こんな風にじわじわと嬲られるのはごめんだった。

「俺は意思のない人形を抱くつもりはない。手応えのない獲物など面白くもなんともないからな。だからお前の覚悟が見たい。俺を受け入れるにしても、拒むにしてもな。……それとも、震えて身体が動かないか？」

まるで心の内にあった懊悩《おうのう》を見透かすような。挑むようなまなざしで見下ろしながら言うギルスに、顕良の中で眠っていた闘争本能に火が灯《とも》る。

そうだ。たとえどんな屈辱的な行為を受けようとも、雁屋を助けると決めたではないか。その上で、決して心は屈しない。この男に屈服することなく自分を保つことができればきっと、快楽に溺《おぼ》れ、大事なものを裏切るような『傾国』の呪いに堕ちたりはしない。

――なにをされようが、お前のような獣に決して堕ちないことを証明してやる。

顕良は見下ろしてくるギルスを睨みつけると、大きく息をして怒りと怯えに震える胸をなだめ……軍服の上着のボタンを外し、勢いよく脱ぐとギルスのほうへと投げ捨てた。

突然の大胆な所作に驚いたのか目をみはるギルスに、顕良は毅然《きぜん》と前を向き、ベルトへと手をかけた。

羞恥を見せれば相手を喜ばせるばかりだ。せめて平然と脱ぎ捨ててやる。

勢いのままベルトを外し、ズボンへと手をかける。だが、こちらをまっすぐに見据えるギルスと視線が合って――顕良はドキリとして、思わず動きを止める。

身体を離し、ギルスは顕良を眺め下ろしてくる。まるで舐めるように這うそのまなざしに全身が搦《から》め捕《と》られたような錯覚すら覚えて、振り切ったはずの羞恥が再びぶり返してくる。

「どうした…？　早く脱いでみせてくれ。お前のすべてを見たい」

彼は熱を孕んだまなざしで顕良をじっと見つめたまま、そう促してくる。

求めてくる低くかすれた声に、まるで脊髄《せきずい》を直接なぞり上げられたように、顕良の背筋にゾクリと鋭い痺れが走った。

――おかしい。なんで、こんな……。

顕良の内面すら見透かし、侵食してこようとしているような、熱を帯びた瞳と、内臓にまでズシリとくるような低音の響きのある声。

その目に見つめられ、その声に鼓膜を震わされると……妙に気持ちが昂ぶって、感覚が鋭敏になる気すらする。次第に、熱のこもった彼の視線に煽《あお》られるようにして、ざわり、と奥底からなにか得体の知れない感情が湧き出してきて……。彼の声や表情に艶めいたものを感じ、気持ちは波打つ。そんな自分に怯え、うろたえる。

彼の声色一つで動揺したなどと知られたくない。

口をキュッときつく引き結び、顕良は彼の視線の呪縛から逃れようと、背を向けてズボンと下着を一気に脱ぎ落とした。

蹴り飛ばすようにして靴と靴下を脱いで半襦袢《はんじゅばん》一つになった、その時。

後ろで起こった衣擦《きぬず》れの音に、顕良は慌てて振り向く。

「な……」

迷いなく大胆に服を脱ぎ捨ててこちらに向かってくるギルスの姿が目に入り、顕良は硬直した。

惜しげもなくさらされる、隆々とした筋肉と漆黒の獣毛に覆われた裸身。

身体の骨格はほぼ人と同じなのか、手足が長く均整が取れている上に、その無駄を削《そ》ぎ落とした逞しい肉体は名匠の作り上げた彫像を思わせた。だがなにより――

「………ッ!!」

下腹部で恐ろしいほど反り返り、そそり立つ男根は、巨大なだけではなく……大きく張った亀頭の下の砲身には無数の突起物があり、明らかに常人のものとは異なる狂暴な形状をしていた。

そのあまりの猛々しさと厳《いか》めしさ、そして攻撃的な形に本能的に危機感を覚え、顕良の膝が震える。その圧倒的存在感に慄然《りつぜん》となり、恐ろしいのに目を逸らすことすらできずに、ただ目の前の見事に鍛え上げられた身体に見入った。

腕をつかまれ引き寄せられて、顕良は我に返り、焦って身を翻そうとする。だが、

「ま、待て……っ」

あっという間に距離を詰められ、顕良はおののき、あとずさった。

「獣人のものを見るのは初めてで、驚いたか？」

迫ってくる鋼《はがね》のような肉体に恐怖が募り、顕良は反射的に彼の胸を押しやり、拒もうともがく。

「怖がらなくていい。いきなりこんないかついものをお前の中に入れたりするつもりはないさ」

顕良の身体を後ろから抱き込んで、ギルスがそう囁いてきた。

「な、中……？　なにを、言って……」

なだめるように言われても、顕良の混乱と不安は大きくなるばかりだった。

自分は『傾国』ではあっても女性の身体とは違い、女陰などはついていない。だからぼんやりと、獣には人とは別の性交の仕方があるのだろうと思っていたのだ。

「自身の性器についても知らないのか？　まさか触ったこともないとか言わないだろうな」

「馬鹿にするな…っ。触らずにどうやって用を足すというんだ」

いぶかしげに問い質してくるギルスに、顕良は憤慨《ふんがい》しつつ言い返す。

「用を…？　お前が言っているのはペニスのことか？」

「な…!?　や、やめ……ッ」

大きな手が半襦袢の裾を割り、中にもぐり込んできたかと思うと、哀れなほどに縮こまった陰茎と陰嚢《いんのう》を一緒くたにしてつまみ上げてきて。屈辱に顕良は悲鳴を上げる。

子供の頃からほとんど変わることがない、小さくつるりとしたその箇所を恥じていたのに。

彼の恐ろしいほどに発達した陽物《ようぶつ》を見せつけられた上に、未熟な己のものを暴かれ、身を焦《こ》がすような恥辱に襲われて、顕良はうなだれる。

「ああ…、恥じることはない。オメガはもともとペニスと陰嚢が退化しているんだ。むしろその中ではまだしっかりと形が残っているほうだぞ」

言われれば言われるほどに追い討ちをかけられ、みじめさが募るばかりだというのにギルスはさらにそう言い募り、顕良のものを指先でくにくにと刺激してきた。

「な、なにを…している…っ？　んん…っ、は、はな、せ……！」

腰に走る淡い痺れは今まで感じたことのないもので、顕良はうろたえて声をうわずらせる。

「もしかして、と思ったが……自慰すらしたことがないのか？」

信じられないという様子で見つめてきた彼の視線に耐えきれず、顕良は顔を背け、唇を噛む。

『傾国』の呪いを恐れるがゆえに、顕良は性的なことに関わらぬようにして、厳しく自分を律してきた。幸い抑制剤の作用で性的発育が遅らされ、成人した今もまだ第二次性徴期も迎えていないらしい自分の身体は性欲も薄く、それほど難しいことではなかった。

だがそれが普通のことではないと知っていたから、誰にも……親友の雁屋にすらそのことは言えず、自分の中で常に「人とは違う」という孤独を抱えてきたのだ。

これまでの不安や苦しみが押し寄せてきて、顕良は肩を震わせる。

「ああ……まったく。凛とした姿形からは想像もしなかったが、これほどに性的に幼いとはな。なんてことだ……」

熱い吐息とともに、嘆きとも感嘆ともつかない声で呟いたギルスは、顕良の身体を腕に抱いたまま、寝台に腰を下ろす。

膝の上に座らされた状態で怯えにすくむ肩をなだめるように撫でられて、まるでおぼこい少女に対するような彼の言動に顕良は歯噛みする。

「まあゆっくりと教え込み、自分好みに育て上げるのも喜びではあるが」

そう言うと、ギルスは身体を密着させ、欲望を孕んだ艶めいた声で囁く。

「……っ、な……!?」

ぐいっと膝裏を抱え上げられ、大きく脚を広げられて、いきなりのことに顕良は叫ぶ。

さらに双丘の狭間《はざま》、後孔へと指を這わされて、驚愕に目を見開いた。

「お、お前ら獣は、衆道《しゅどう》の、男同士の交わりで子を作るのか……?」

大倭国では禁忌に近い扱いではあるが、下世話な噂話などで、男性同士でも性行為はできるし、そういった性癖の者もいるという知識くらいは顕良にもある。

しかしギルスは不服げに顔をしかめると、

「違う。俺が言っている『中』というのは、この孔《あな》の奥にあるオメガの生殖器のことだ」

そう言って、後孔の中へとじわり、と指をもぐり込ませてきた。

「もともと男も胎児の初期の時点では女と同じ造りだ。普通ならば男性性に決定した時点で退化した前立腺小室という子宮の名残のみになるはずが、オメガは前立腺の奥できちんと子宮として育ち、発達する。前立腺から子宮に続く男性膣と呼ばれる器官への入り口は普段は固く閉ざされているが、性的に興奮し、雄を求めると同時に開いていくんだ」

顕良が驚きに固まっている隙に指は内壁を這い、腹側の襞を探るように撫で回していく。

「な……や、やめろ……ッ」

目当ての箇所を見つけ出したのか、指の先をグッと襞の一部に押しつけると……信じられないことに、つぷ、とギルスの太い指が中へと沈み込まれていった。

これまで意識してこなかった箇所が突然開かれる強烈な違和感と、重く痺れるような感覚に顕良は悲鳴を上げ、混乱と羞恥、そして恐怖に大きく首を打ち振るう。

「まったく知らなかったのか……性交どころか、誰かに触れたことすらないんだな」

「そ、それが、なんだというのだ…っ」

自分は常人とは違う身体なのだ、という事実をありありと突きつけられ、顕良は瞳ににじみそうになる涙を必死にこらえる。

彼が指しているのがオメガの生殖器とやらを使った性交を指すなら論外だ。

誰が好き好んで『傾国』の残した忌まわしい性をさらけ出そうとなどするものか。

「そうか……初めてか」

顕良の震える手を取り、ギルスは噛み締めるようにそう言うと、ふ…っと笑みを浮かべる。

そのまま指先にうやうやしくくちづけられ、顕良は思わず、小さく息を呑んだ。

「前立腺から発達しているゆえ、男性膣は女性のものよりも敏感で、感じやすいらしいからな。初めてだと過敏すぎてつらいだろう」

あやすように言って孔から指を抜くと、刺激に浮き出た前立腺をゆっくりと撫で、それだけでビクビクと身体を震わせる顕良のうなじにくちづける。徐々に彼の息が荒くなり、前立腺をこね回す指遣いがねっとりとしたものになってきた、と思うと、

「だがその分、途方もない快感を得られるそうだ。今は青い蕾《つぼみ》だが、牝の快感を感じるほどにオ

メガとして成熟していくだろう。……俺が、お前を極上の牝にしてやる」

告げると同時に軽くうなじを吸われ、顕良は鋭く息を詰めた。

「勝手な、ことを……っ」

人のもっとも知られたくなかった秘密を暴いておいて。

ギルスのその獰猛さを帯びた雄としての圧倒的な存在感が、なによりも顕良を打ちのめす。

「どれだけ俺が衝動を抑えているか、お前には分からないだろう。俺が好き勝手したら、この初心な身体には酷《こく》すぎて、壊してしまいかねない。……ある意味拷問だぞ。こんなにもそそる身体を見せつけられて、お預けを食らっているようなものだからな」

幾度もうなじにくちづけ、舌を這わせながら、ギルスは低い声で囁く。

厚みのある逞しく張り詰めた身体は、言葉通りに興奮を示し、熱くなっていた。熱を帯びた彼の身体の感触に、顕良まで妙な気分になってしまいそうで……胸の中がザワリと波立つ。

「我ら獣人種は、発情した状態で身体から……特にうなじから発する匂いに惹《ひ》かれ合い、自分のつがいとなるべき相手、『運命のつがい』を見つける。その時、俺のようなアルファがオメガのうなじを噛めば、その痕はずっと消えることなく婚姻印としてその身体に刻まれ、相手からもう一生、離れることはできなくなる——まるで、見えない鎖で繋がれたかのように」

ギルスから告げられた言葉は、顕良の理解の範疇《はんちゅう》を越えていた。

噛まれただけで、一生を縛られるというのか。

「まだ成熟してはいないというのにすでに、淡いが今まで匂ったことがないほど瑞々《みずみず》しく麗《うるわ》しい薫りがする。もし熟したならどれほど芳《かぐわ》しく魅惑的な薫りとなるのか……誰にも触れられないうちに自分のものにしておきたい。こんな風に欲しくてたまらなくなったのは、お前が初めてだ」

「――――……ッ！」

首筋に、チクリとした刺激を感じて、顕良はおののく。

印をつけられてしまえば、この男の牝に堕ちてしまう。そんな恐怖に脅かされ、顕良は彼から逃れようと、必死に腕を押しのけようとした。

だが、いくら顕良が突っぱねようとしても、強靭な腕はビクともしない。絶対的な力の差を思い知らされ、悔しさと恐れに、息が震えた。

「そう怯えてくれるな。発情期ではない今、どれほどその肉を食《は》もうが意味はない。あくまで互いに昂ぶり、これ以上にないというほど強烈に惹かれ合った上でなければ効力は発揮されない。だからこその『運命のつがい』であり、婚姻印なのだからな」

彼は甘噛みした痕をなだめるように舐めると、そう言って苦く笑う。

怯えるなと言われても、無理な話だ。発情というのがどんな状態か知らない顕良にとって、今でも充分異常な状態なのだから。大丈夫かどうかなど、判別のしようがない。

「だが、刃を交わした時からずっと感じていた、お前のこの、嗅《か》いでいるだけで胸が昂ぶり疼くような匂い……まだかすかだが、俺はこれこそが『運命のつがい』の印なのだと確信している」

「な……」

顔を上げ、強くまっすぐなまなざしで見据えてそう断言するギルスに、顕良は絶句する。

「お前は、なにも感じなかったか？　俺を目の前にして、なにも感じないか……？」

「……ッ、し、知らぬ……私は、なにも……」

ギルスの問いに、彼と戦った時に感じた不可思議な高揚感と熱を思い出し、ギクリとする。しかしあれは戦いの最中で感じる興奮であり、決してこの男が言うようなものではないと、胸の中で抗い、否定した。

「……まあいい。まだオメガとして目覚めていないお前には、分かりづらい感覚だろう。だが今は淡く儚いこの感覚も、お前が熟していくほどに濃く、強く感じていくはずだ……決して無視などできないほどにな」

傲慢な台詞とともに不意に胸を撫で上げられ、顕良は不埒《ふらち》な手から逃れようと必死にもがく。けれど同時に前立腺を撫でられると、ずくり、と重い疼きが下腹に走って、力が抜けていってしまう。

「まだ淡くほのかに色づくだけのこの小さな乳首も……熟れて育ってくると、俺に触られたくてたまらなくなってくるぞ」

耳許で囁いて、さらに顕良の胸の先を指で転がした。

「さ…触、るな……！」

そんな風になどなってたまるものか。

だが触れられたとたん鋭い刺激に襲われて、顕良は思わずうわずった声を上げてしまう。

「好きにしていいと言ったのはお前だろう。早くも音《ね》を上げるつもりか？」

ギルスにからかう調子で言われ、顕良はグッと言葉に詰まった。

かぶりを振ってその奇妙な感覚を拒もうとした拍子に、ふいに甘い匂いが鼻孔をくすぐって。

その覚えのない匂いに、顕良は眉を寄せた。

「こ…れ、は……？」

匂っていると、頭がぼんやりするような、それでいて身体の奥がじんじんと熱くなってくるような、そんな不思議な感覚に戸惑いながら、顕良が問う。

するとギルスはああ、とつぶやいて頬をゆるめた。

「――お前も感じはじめてきたようだな。アルファである俺のフェロモンを」

「っ……ち、違う、私は……っ」

これがギルスのいう『運命のつがい』の匂いなのかと、顕良は声をうわずらせ、必死に否定しようとする。

「焦らずとも、さっき言っていた匂いとはまた別だ。これは『運命のつがい』同士でなくとも感じる、興奮したアルファがオメガを惹きつける時に発する雄の匂いだ……その証拠に、ほら、乳首も前立腺も固くしこってきたぞ……」

胸の先をつまみ、前立腺を刺激する指の動きを激しくされ、身体を貫く鮮烈な快感に、顕良は背をきつくしならせた。

「んぁ…っ、あぁ……さ、触るな……いや、だ……お、おかし…い、こんな……ッ」

頭はぼんやりするのに、身体の感覚はむしろ鋭敏になって、愛撫される箇所がズクズクと脈打つように疼き出す。身体が発熱したかのように火照ってきて、目の前がもやがかかったようにかすみ、鼓動が激しくなっていく。

自分は変になってしまったのだろうか。

募る熱に息を乱す顕良を眺めながらギルスはうっとりと目を細めると、

「いい顔だ。お前も俺に欲情してくれているんだな」

うれしそうに言って、笑みを浮かべた。

「違、う……お前に欲情するなど……そんな……そんなこと、あるはずが…っ」

そんなこと、認められるわけがない。大切な仲間を盾に脅しつけるような相手に辱《はずかし》められ、欲情しているなど……。

己の身体に湧き上がる理解しがたい熱を振り払おうと、顕良は必死に首を打ち振るう。

だが不意に手を取られ、ギルスの下腹部へと導かれる。

「あ、ぁ……嘘、だ……。お前の……そんな……」

密着した腰と手で挟み込むように握らされたギルスの男根はさらに大きく育ち、ドクドクと脈打って凶悪なほどの存在感を顕良に伝えてきて……そのあまりの狂暴さに恐れ、おののく。

「アルファもまた、オメガの匂いに誘発され、興奮する。お前が俺をこんなにも昂ぶらせたんだ……分かるだろう」

熱い吐息とともに猛る欲望を吹き込まれ、腰を擦りつけられて。怯えとも疼きともいえぬものが、顕良の中に湧き上がる。

「お前の匂い……まだ淡く初々《ういうい》しいものだったが、徐々に濃く、芳しい匂いになってきたぞ。本当に、たまらない薫りだ……」

うなじに鼻をうずめてきて、大きく息を吸い、ギルスが呟く。

自分が雄を昂ぶらせてしまう体臭を放っている、という事実に愕然とする。

やはり勧められた時に汗だけでも流しておくべきだった、と後悔したが、もう手遅れだった。

「お前も俺に感じて、情欲を掻きたてられているんだろう？　震えながらもこんなに固くしなって、先っぽを愛液で潤ませて……なんだか健気《けなげ》だな」

そう囁くと同時に、漆黒の尻尾が顕良の陰茎に絡みついてきた。

「ひぁ……ッ！」

滑らかな獣毛に包まれた尻尾で茎を擦り上げられ、先の丸くふさふさとした毛で尖端を刺激されて、たまらず喘ぎ声を上げた。いつの間にか勃ち上がっていたものを嬲られ、押し寄せてきた強烈な快感に顕良の目の裏に火花が散る。

「そんなに気持ちよかったのか…？　初心なくせに、敏感な身体だ」

「ち、違う、これは……っ」

うろたえ、顕良は必死に否定しようとした。

衝撃だった。性欲というものを、己の悪《あ》しき本能を呼び覚ます邪悪な感覚として禁じていた。

こんな風に訳が分からなくなって、自分を制御できなくなるなど、考えられないことだったというのに。男に、しかも獣に身体を弄《もてあそ》ばれる屈辱を受け、感じたりするわけがない……はずなのに。

だが、現実には顕良の下腹部はごまかしようもないほどに熱く昂ぶっていた。

どうしてこんなに高揚してしまうのか。それも、今までに感じたことがないような強さで……。

自分で自分が分からなくなって、呆然《ぼうぜん》とギルスを見つめる。すると、

「逆か。今まで性に対して厳しく抑制され、初心だったゆえに、初めて知った感覚に敏感になるんだろうな」

低く笑ったあと、ギルスが悪戯《いたずら》っぽくすがめた目で見つめてきて。その獰猛なほどに雄の色香を濃く漂わせた姿に、顕良の背にゾクン…と被虐めいた感覚が痺れとなって走り抜けた。

「お前は快感に対しての罪悪感が強いみたいだからな。まずは身体に刻みつけてやろう……気持ちいいという感覚をな」

「な……ッ」

ギルスは傲慢に言うと、強張った顕良の身体を抱き込んで、緊張に粟立つ顕良の肌を撫で、刺激にツンと尖った胸の先をつまむ。

「や、あぁ…っ。い、いらない…やめ、ろ……っ」

そのままつまんだ胸の飾りを揉み込むようにされる。

ギルスの指先はその無骨さに似合わない繊細さで、尖る先端を入念に円を描くようになぞったり、乳輪ごと引っ張り、やわやわと擦り立てたり、巧みに顕良の胸の先を愛撫する。

逃げを打つ身体を制するように尻尾で縛《いまし》められた陰茎を愛撫されると、抵抗する力すら抜け落ちていってしまって……。

「ほら、分かるか…？　前立腺が膨らんで、固くしこってきたのと同時に、孔からじわりと愛液がにじみ出してひくひくと口が開き出したぞ……」

その淫らに変化した牝孔の感覚に興奮したのか、囁く彼の声も情欲に濡れ、かすれていた。

信じられない。身体に募る快楽に反応して、今まで意識すらしていなかった身体の奥の秘められた部分が開きはじめているなんて……。

「あ、あぁ……ッ」

けれどそんな顕良に思い知らせるように、後孔にもぐり込んだ指がまた秘められた孔を押し拡げてくる。すると固くすぼまっていた先ほどとは違い、少し力を入れただけで指はぬぷりと濡れた感触を伴って、一気に中にまで入り込んできた。

「くぅ…ッ。あぁっ、ひぃ……ん！」

違和感をやわらげようとしてか、乳首と陰茎への愛撫を激しくされ、顕良は胸をあえがせる。

三点を同時に責め苛《さいな》まれて、激しく襲いくる痺れるような感覚に煩悶《はんもん》し、顕良は拒絶の言葉を重ねながらも、陸に打ち上げられた白魚のようにビクビクと身体を跳ねさせた。

「充分濡れているから痛くはないだろう？　オメガの愛液には内奥がむず痒くなるような催淫《さいいん》効果のある成分が含まれているからな」

荒くなる呼吸に上下する胸の先で、震えつつも淫らに熟れていく顕良の乳首を愛《め》でるようになぞりながら、ギルスは孔の中の、男性膣と呼ばれるその器官へとゆっくりと指を突き入れていった。

全身が熱く火照り、下腹部はまるで焼けつくような疼きに支配されていく。

自分さえも知らなかった己の身体の秘密を暴かれて、顕良は未知の感覚に翻弄《ほんろう》され、ぐちゃぐちゃになった思考の中でただ恐怖するしかなかった。

身体の奥底から這い上がってくる衝動。それはあたかも『傾国』の血が目覚め出したかのような、見知らぬ自分が中で蠢いているような。そんな得体の知れない恐怖に襲われ、思わず瞳ににじんだ雫をこぼさないよう、必死に唇を噛み締めてこらえる。

「オメガとして熟してきてこの愛液が濃くなってくると、粘度が増して催淫効果も強く、激しくなる。そうなったら、今はグロテスクだと思っているだろう俺のこのペニスで、中を思いきり掻き回して欲しくてたまらなくなるぞ……こんな風にな」

恐ろしい台詞を吹き込みながら、内奥を愛撫する指の動きを激しくする。その瞬間、おぞましいと思う気持ちとは裏腹に、身体の芯を貫くような甘美な痺れが走って、目の前が真っ暗になる。

「ッ、あぁ……殺……せ……いっそ、殺して……くれ……っ」

そんな恐ろしい欲望に見舞われ、我を見失って獣の男根を欲しがるような見境のない牝に堕ちてしまうくらいなら、いっそ一思いにこの息の根を止めて欲しかった。

今でさえ自分を制御できずにこの男の意のままに弄ばれるこの状況の中で、もっとも恐れていた不安が極限まで膨らんで顕良にのしかかる。

自分は決して『傾国』の呪いになど屈しないと心に固く誓ったのに。

とうとうこらえきれずに瞳から涙があふれ出し、紅潮した頰を濡らす。

「駄目だ」

けれどギルスは非情にもそう言いきって、顕良を強引に自分のほうへと振り向かせた。

「俺から逃げることは赦さない。本当のお前自身からも」

「ッ、んぅ……!?」

力強く宣言されるとともに唇をふさがれ、顕良は目を見開く。

唇をこじ開けられ、歯列を割ってもぐり込んできた肉厚の舌に口腔まで侵入され、息苦しさと、これ以上彼に自分の内部を犯される恐怖に耐えかねて顕良はもがいた。

「――……ッ」

これ以上させまいと歯を食いしばった拍子に彼の舌を噛み、口の中に血の、嫌な味が広がる。

一瞬、くぐもった唸りを上げたものの、ギルスは小さく笑みを零すと恐れるどころかさらに舌を深く、顕良の口腔へと突き入れていった。

「くう…ぅっ、んん…ッ」

苦しさに涙を流し、血の味と、傷ついてなお獰猛な舌に怯え、顕良の頭の中はもやがかかったかのように白くかすみ、思考がおぼつかなくなる。

今、自分が感じられるのは――この男に与えられる苦痛と紙一重の快楽だけ。

「ひ、うっ……んぅう……ッ!!」

指に牝穴の奥深くまで穿《うが》たれた瞬間。内部が大きく痙攣し、牝孔が開いて大量の愛液がしたたり落ちていく感覚とともに、尻尾の縛めが解かれた陰茎からも淡く白濁した雫を零す。

とめどなく頬を流れ落ちる涙が、やわらかく拭われるのを感じながら――いつしか顕良は意識を途切れさせた。

3

あれから三日の航行を経《へ》て、ギルスの指揮する艦隊がイシュメル王国の海の玄関口、カシュクール港へと着き、顕良はギルスとともにイシュメル王国海軍旗艦のタラップを降りることとなった。

乗組員や大勢の出迎えの者たちが見守る中、ギルスの隣に並んで歩く。それだけでギルスを出迎える軍関係者たちの突き刺さるほどの視線が集まるのを感じて、顕良は緊張に顔を引き締める。

見渡す限り、イシュメル王国海軍の漆黒の軍服に身を包んだ獣人、もしくは少年兵のような獣の耳と尻尾を持つ半獣人ばかりが居並んでいる。

その中にあって、大倭国海軍の白い軍服を着た顕良の姿こそが悪目立ちし、異様に浮いていた。

こんな状態では周囲の注目を集めてしまっても仕方がない。

大倭国とイシュメル王国とは国交は一切ない。だがギルスは大倭国のことをある程度知っているようだった。ならばきっと、顕良たち大倭国国民が過去の遺恨《いこん》から獣人を敵視しているということも伝わっているのだろう。だからこそ、あんな暴挙に出たに違いない。

オメガというだけで過酷な目に遭うと聞く。その上、自分は彼らに快く思われていない国の軍人なのだ。それ相応の扱いを覚悟しなければ。拘束こそされていないものの、脇を固める獣人兵たちはぴたりと顕良の横につき、挙動を険しい目で見張っている。少しでもなにかおかしな素振りでも見せようものなら、容赦なく取り押さえられる。それだけならまだしも、人質の雁屋がどうなるか……。

そんな緊迫感の中、内心、顕良は冷や汗をかいていた。秘められていた身体の内奥を開かれた衝撃はすさまじく、あのあと顕良はぐったりと身体を横たえるしかなかった。しかもこの獣は航行中、何度もマーキングと称してそんな屈辱的な行為を繰り返したのだ。今もまだ身体の奥に異物が侵入した違和感が残っていて、気を抜けば膝がガクガクと笑いそうになる。

無様《ぶざま》な姿をさらすわけにはいかないとなんとか気持ちを奮い立たせ、震えそうな足に力を込めて踏ん張り、タラップの急な角度に冷や冷やしつつも凛然と前を向いて歩を進めていた。だが、

「………ッ！」

ようやくタラップを降り終えた、という瞬間。気が緩んでしまい、膝が崩れ、倒れそうになる。しまった、と青くなったが、そのとたん、ギルスに脇を抱きかかえられ支えられたかと思うと、それと同時に一斉に鋭く息を呑む音が聞こえて、焦った様子で周りの兵士たちが駆け寄ってきた。

「大丈夫ですか…っ？」

「ああ、申し訳ありません、小石が転がっていますね……おい、艦が着く前に地面の整備をきちんとしておけと言っただろう！」

「やはり、お車まで御身《おんみ》をお運びする籠《かご》を持ってきたほうがよいのでは……」

口々に心配の声をかけられ、なにが起こったのか分からず顕良は目を見開き、その場に凍りつく。

「あまり大袈裟《おおげさ》にするな」

呆然とする顕良を見やってギルスは眉をひそめ、一喝《いっかつ》する。

すると、部下たちは恐縮したように「ハッ」と敬礼して、顕良から距離を取った。

「驚かせたならすまない。この国ではオメガは守るべきか弱き存在であり、同時に崇拝《すうはい》の対象なんだ」

か弱き存在、という言葉に顕良は拳を握り締める。

そんな存在に思われるなど、侮辱以外の何物でもない。

ギルスはきつく眉根を寄せる顕良を見据え、

「だがお前は、自分の足で立って歩きたいのだろう?」

まるで心のうちを見透かすように、そう問いかけてきた。

いぶかしみながらも顕良がうなずくと、彼は支えていた手を離す。

人が抱えていた秘密を容赦なく暴き、翻弄し、その圧倒的な力で傲慢に押さえつけ辱しめたかと思うと、まるで顕良の気持ちを慮《おもんぱか》るようなことを言う。

一体どういうつもりなのか。

そして、雁屋のことも心配だが、もう一つ気がかりがある。

本当に秋沙たちは、見逃してもらえたのか。

見たところ顕良たちを襲撃した艦隊はすべて帰港し、揃ってはいるようだ。

せめて他の皆は無事でいて欲しい。そしてしっかりと任務を果たしてくれることを願うしかない。

しかし本当に顕良一人を略奪するためだけに、あれほど大がかりな戦力を動員したのだろうか。にわかには信じがたかった。

――しかも、まさかあんな……。

身体の秘密を暴かれた時のことを思い出してしまって、顕良は唇を噛み締める。

顕良のベルトには仕掛けがあって、『傾国』としての衝動を起こさぬように性的発育を遅らせるための抑制剤が入っている。緊急時を想定してのことだ。まさかこんなことが起こるとは、さすがに考えていなかったが……。

周囲の獣人が妙に顕良に気を遣い、持ち物を厳しく検査しなかったのは不幸中の幸いだった。また、隙を見て抑制剤を飲んでおかなければ。

――我らにとって、遠い東の果ての島国に住む、しかも国交が断絶されていて滅多に姿を現すことのないオメガがどれほど貴重で、価値のあるものか……。

ギルスはそう言っていたが、大倭国に危機を及ぼした忌まわしき『傾国』の血がそんな価値があるとはどうしても思えない。これ以上、『傾国』の血に身体を蝕まれるなどということがないよう、なんとしても抑制しなければ。

「……雁屋は、どこにいるんだ」

港に停まっていた馬車へと乗るように促されて、顕良はこらえきれず尋ねた。

いくら見渡せど、雁屋の姿は見えない。雁屋のことを口にするとギルスの機嫌が悪くなるのは分かっていたが、あんな酷い扱いを受けているのを見て、気にするなと言うのが無理な話だった。

「心配しなくとも生きてはいるさ。大事な人質だからな。お前がいい子にしていたら、いずれまた会わせてやる」

告げられた台詞に、いくら紳士ぶろうとやはりこの男は横暴な獣だと、その理不尽さと己の無力さに歯噛みしながら、顕良は言われるがまま馬車に乗り込むしかなかった。


大陸の南半分を占める大国、イシュメル王国。その亜熱帯の大地と街並みを馬車の中から眺めながら、顕良は大倭国との違いに驚くばかりだった。

石畳で整備された街路、そして白壁に鮮やかな色の屋根を持つ建物に彩《いろど》られた街並みは、祖国にはない華やかさを放っている。軍港にいたのは獣人ばかりだったが、街を歩いている人々は圧倒的に常人のほうが多い。あっさりとした顔立ちの大倭国の民に比べ、目鼻立ちがくっきりした濃い顔立ちと、褐色の肌が特徴的だ。衣服も独特で、繊細な刺繍《ししゅう》が施されたゆったりとした布を羽織っており、きらびやかな装飾品をたくさん身につけている。なにより街は活気で満ちあふれていて、商いも盛んなようで露店などが並び、大勢の人々で賑《にぎ》わっていた。

閉鎖的な大倭国では、様々な物品が不足することが増えている。軍のみが国外への航行を赦されていて、国内では滅多にお目にかかれない品なども手に入れる機会が得られることから、海軍への入隊希望者が後《あと》を絶《た》たなかった。

――もしも『傾国』の裏切りがなく、今でも『狛犬様』の加護があれば、大倭国もこんな風に豊かでいられたのだろうか。

街の風景を眩《まぶ》しく見つめながら、そんな思いをめぐらせていると、

「顕良、こっちを見てみろ」

声をかけられて、ギルスの指差すほうへと視線を移す。

すると小高い丘の頂上に、巨大な城塞がそびえ立っているのが目に飛び込んできた。

「『キエンギ・ミグト』城。この城塞都市、ジダンベルガの中心となる王城だ」

「……これが……」

栄華を誇る街と大きな軍港を見下ろす場所に、侵しがたい威厳をたたえて建つ王城。

街全体が海からの侵略に対する防衛の要となっているらしく、石造りの堅牢《けんろう》な城壁に囲まれ、まさに要塞といったその威圧感と荘厳《そうごん》さに、思わず圧倒される。

大倭国にも城はあるが、そもそもほとんど外敵の驚異もなく、陸の中心兵力は主城に集中しているゆえ、周囲の街まで厳重に防護されているこの光景に、驚きを隠せない。

車が丘の上に進むと、裾野に広がる街の周囲もしっかりと高い壁で包囲されていて、この城塞都市がどれほど規模が大きいかよく分かる。

そして遠くに見える海は静かに蒼《あお》く凪いでいた。大倭国にいた時よりも力強く感じる太陽の光に照らされて、時折そよぐ風にさざめく波は、黄金色に輝く。

巨大な門扉《もんぴ》をくぐってしばらくして、馬車が車寄せに止まった。

馬車を降りた瞬間、生気に満ちた南国の花々のむせ返るような薫りに、顗良は目眩を覚えた。

色とりどりの花々が咲き誇る広大な庭園に囲まれた王城を間近にして、思わずため息が漏れる。

優美な文様が描かれた屋根、鮮やかな青空と濃い緑の中に浮かび上がる白亜《はくあ》の城は幻想的で、思わず見惚れてしまいそうだった。

「イシュメル王国防衛の中枢《ちゅうすう》、『キエンギ・ミグト』城にようこそ。天神少佐」

挑発するようにそう言って、ギルスは不敵に笑う。

この中で、なにが自分を待ち受けているのか。

怯んだ姿など見せまいと、顗良はすぅ…、と大きく息を吸い込んで覚悟を決めると、開かれた扉をくぐり、前へと足を踏み出す。

おもむろに正面の重厚な鉄の扉が開け放たれると、

「皆の者！　我らが主、ギルス王がご帰還なさったぞ！」

朗々《ろうろう》とした声が響き渡り、眼前に広がる光景に顗良は息を呑んだ。

吹き抜けの玄関ホールには、緋毛氈《ひもうせん》がずっと奥、正面にある優美な彫刻が施された威厳ある大階段まで敷かれている。なにより顗良の目を引いたのは、長く続く緋毛氈に沿ってズラリと立ち並ぶ人々の姿だ。常人とは明らかに違う。けれどギルスたちのような獅子ではなく、ほぼ人の姿だが、牛のような角を持つ者や、馬のような尻尾を持つ者など、様々な動物の耳や尻尾を生やしている。彼らは皆、蒼灰色の長衣とゆったりとしたズボン、そして裾の長い濃紺の上着を身につけて、うやうやしく頭を下げ、主を出迎えていた。

「皆、俺の居ない間もこの城を護ってくれたこと、感謝する」

ギルスが言葉をかけると、皆一斉に顔を上げる。

「ギルス様、おかえりなさいませ…！」

「遠征、お疲れ様でございました」

口々に主の帰還を喜ぶ人々の前を、鷹揚《おうよう》な笑みを浮かべてギルスが通り過ぎていく。

皆、ギルスを見たあと必ず横にいる自分に視線を走らせて、どこかそわそわした様子になるのを見て、他国の軍服を着た自分に対して警戒しているのだろうか、と顗良は顔を強張らせる。

「ゼガリア、留守の間執務代行ご苦労。子供たちも皆、変わりはないか？」

取り囲む人々の一番奥に控えていた、羊特有の大きく曲がった角と尻尾を持つ壮年の男性にギルスが声をかける。

「もったいなきお言葉にございます、ギルス様。皆の様子はご自身の目で確認してやってください。彼らも貴方を首を長くしてお待ちしておりますよ」

そのやり取りに顗良は眉をひそめる。

子供たち、ということは、ギルスの仔なのだろうか。

――この男……すでに子供がいるくせに、無理矢理私をつがいにしようとしているのか…!?

その傍若無人さに改めて憤っていると、

「ところでギルス様、隣にいらっしゃるのはもしや……」

むすりと口を引き結びギルスを睨みつける顕良を、ゼガリアはどこか困惑した表情で見やりつつ、尋ねる。

「ああ。彼が例の大倭国の軍艦で運ばれていたオメガ、天神顕良だ」

ギルスがそう答えたとたん、周囲からワッと歓声が上がった。

「やはりこの御方《おかた》があの、大倭国のオメガ様でございますか…!!」

「さすが、どこか神秘的な雰囲気がおありになる……まさかこの目で大倭国のオメガ様を拝見できるとは……っ」

目を細め、うっとりと呟く者や、興奮に拳を握り締める者。

彼らの食い入るような視線と熱気に押され、顕良はたじろぐ。

あの、ということは、大倭国のことはこの国でも噂になっているのだろうか。

ギルスのこれまでの言動や、自国で流れるイシュメル王国の評判を聞いても、大倭国の評判がいいとはとても思えなかった。

なのにまるで歓迎するかのような皆の態度に困惑し、どう振る舞えばいいか分からなくなる。

「ギルス様、この御方をここにお連れしたのは保護のためでございますか?」

歓迎に沸く周囲の中で唯一冷静さを保っているゼガリアが、探るような視線でさらに問うた。

「いいや。――――こいつは、俺のつがいにする」

「な……っ」

きっぱりと言いきるその不遜《ふそん》な物言いにギョッとし、顕良は食って掛かろうと詰め寄るものの、

「おお……!!」

周囲から空気がビリビリと振動するほどの大きなどよめきが起こり、顕良の気勢も掻き消えてしまった。

「それでは大倭国のオメガ様が妃におなりになるのですね……！　なんと素晴らしいことでしょう」

興奮し、感動に打ち震えながら盛り上がる人々の迫力に完全に気圧され、顕良は言葉を失う。

遠方の地のオメガなら、敵視していた国の者だろうが構わない、ということなのだろうか。そもそも男であるこの見た目で妃、など、大倭国では考えられない。口にするのもはばかられることだというのに。どうにも理解に苦しむ周りの反応に頭を痛めつつ、流されてたまるものかと腹に力を込めて気を引き締める。

「顕良。お前はこれからこの城の奥にある後宮に入ってもらう」

「……後宮……!?」

イシュメル王が各国の女を集め、毎夜爛れた宴を開き酒池肉林《しゅちにくりん》を繰り広げているという噂だ。ギルスに身体を暴かれただけでも想像を絶する屈辱的な体験だったというのに、その上そんなところに放り込まれるなど、考えただけでも恐ろしかった。

「そんな心細そうな顔をするな。執務を済ませたら、俺もすぐに向かう」

「……ッ」

耳許に顔を寄せて囁いてくるギルスに、顕良は誰のせいだと睨みつける。

「では、頼んだぞ」

傍に控えていたゼガリアにそう言い残すと、ギルスは部下たちと連れ立って一階の奥の扉へと消えていった。

「顕良様、ご案内いたします。さあこちらへどうぞ」

ゼガリアに促され、顕良は重い足取りであとに続く。

大階段を上がり、長い廊下を突き当たった扉の向こう、別棟へと続く渡り廊下があった。堅牢な城壁で囲まれた中にあるその建物は、碧玉《へきぎょく》で造られた宝石箱のような小宮殿となっていた。

衛兵が守りを固める黄金の扉を開くと、大理石の床の玄関ホールには、見事に咲き誇る花々が生《い》けられている。存在感のある白亜の支柱に取りつけられたシャンデリアのやわらかな光に照らされ、重厚感のある木製の扉や、鮮やかな色彩の織物が室内にあたたかみを加えていた。

「やあ。君がかの大倭国に秘されていた囚われのオメガ殿か」

廊下を歩いていると、向こうからゆったりとした歩調でやってきた人物に声をかけられる。

銀糸のような長い髪には宝石が散りばめられた金の飾りがつけられ、細身のしなやかな肢体にピタリと沿った光沢のある金色の長衣の上に、繊細な刺繍が施された裾の長い黒の薄布を重ねた衣装を身にまとっている。

白皙《はくせき》の美貌を持つ、麗人《れいじん》という言葉がふさわしい美しい男性だった。

「ここにいる、ということは貴方も……ギルスのつがいなのか」

普通なら、男性に対してこんなことを考えたりはしない。だが実際男の身でそういった扱いを受けている上、後宮という場所で独特の色気を感じる彼を前にすれば、いやでも想像してしまうというものだ。ギルスが男でも構わない獣だということは知っていたが、本当に見境のないヤツだと憤りを覚えつつ尋ねる顕良に、彼は麗しい顔に苦い笑みを浮かべる。

「顕良様。こちらは前王の妃、エリシュ様でございます」

「前王、の……妃……？」

ゼガリアに訂正され、顕良は目を見開く。

どう見ても男である彼が『妃』と呼ばれていることに強烈な違和感を感じずにはいられない。

だがそれよりも、彼が前王の妃という事実に驚きを隠せなかった。

前王というのはギルスの父親のはずだが、その妃だという彼、エリシュはまだ若く、ギルスとそう年が変わらないように見えるのだ。

「それでは私はここで失礼させていただきます。エリシュ様、あとはよろしくお願いいたしますね」

己の常識の許容を越える状況を処理しかねて頭を抱える顕良をよそに、ゼガリアはそう言って深々と礼をすると、立ち去っていった。

訳の分からない状態に置かれる不安に、とっさにゼガリアを追おうとした時。ぽふっ、となにかがぶつかってきた。と思うと、

「ママぁっ、うあぁ～んっ」

同時に響き渡る甲高い泣き声に、顕良は驚いて動きを止める。

「ま、まま……？」

恐る恐る視線を向けると、腰にしがみつく可愛らしい顔をした小さな男の子の姿があった。

男の子の少し癖っ毛の栗色の髪からはぽわぽわとした柔毛に包まれた獣耳が顔を出していて、ふるふると小さく震えていた。顔を真っ赤にして、すんすんと鼻をすすりながらこちらを見上げてくるつぶらな瞳。あまりのいたいけさに胸が締めつけられ、相手が獣人ということも吹き飛んで、思わずそのやわらかそうな髪を撫でようと手を伸ばす。

「あっ、ずりいぞ！　うそなき！　うそなき！」

けれどそれを遮るようにもう一人男の子が大声で割り込んできて、顕良にしがみつく男の子を指差しながら悔しそうに地団駄《じだんだ》を踏む。

彼もまた、整った顔立ちだが焦げ茶色の獣耳がついていて、その付け根は少し黒くなっていた。

「やれやれ……また喧嘩《けんか》したのかい。王子たち、お行儀悪いよ。新しいママにきちんとご挨拶《あいさつ》しなさい」

「だからその、『まま』というのはなんなのですか…！」

『まま』というのは、まさか母親、という意味合いのあれなのか。

呆《あき》れ声で言うエリシュに、顕良は問い質す。すると、

「成人のオメガのことだよ。といってもここには基本、王族の伴侶しか住むことはできないから、

妃たちのことになるのかな」

さらりとそう返されて、自分もその中に引っくるめられているのかと、その不本意さとありえなさに、顕良は目眩を覚えた。

「この仔たちは、ギルス王の兄上殿らの子供さ。ほら二人とも、王妃候補殿にご挨拶なさい」

「おうひ…こう…ほ？」

エリシュに促され、王子たちはきょとんとした顔で見上げてくる。

「顕良、だ。よろしく頼む」

そんな呼び方をされてたまるものかと、顕良は急いで訂正した。

「ぼく、マルタだよ。よろしくね」

泣き虫の男の子はそう言うと、ふわふわの耳と丸い尻尾の先をぴこぴこと動かしながらニコッと微笑《わら》う。

「あきら、か。おれはクレタ。よろしくな」

そう名乗った負けん気が強そうな男の子も、ピンと耳を立て、キリッとした表情を作って挨拶してきた。愛らしい二人の姿に緊張で張り詰めていた気持ちがほぐれるのを感じつつも、ふと浮かんだ考えに首をひねる。

「しかし王兄のお子、とは……上に男子の王族がいて、その上世継ぎまで生まれているのに、なぜあの男が王なんです？」

「なぜって、ギルス陛下だけが唯一、先代王と同じ漆黒のたてがみを持つ黒獅子だからに決まってるじゃないか」

不思議に思って尋ねてみると、エリシュはなぜそんなことを聞くのか、と言わんばかりに眉をひそめ、答えた。

「たてがみが長く黒いほど、獅子の雄として優れた因子を持っている証《あかし》だ。より黒色の獣毛を持つ者が栄華を極めていって――――ある日とうとう全身黒毛の獅子が生まれるという奇跡が起こった。先代王亡きあとは、ギルス陛下はその貴重な因子を受け継ぐ唯一の王族。彼のあの黒毛は、とても高貴なものなんだよ。……って、この大陸じゃ、常識なんだけど。君は本当になんにも知らないんだねぇ」

「そうだぞっ、へいかはすごいんだぞ！」

棘《とげ》のある言い回しで肩をすくめるエリシュに、クレタも頬を膨らませて主張する。

彼らにとってギルスは誇りで、それゆえに王であることに疑念を持つ顕良の発言は、聞き捨てならないものだったのだろう。ギルスに思うところは山ほどあるが、かといって、なんの因縁もない彼らと言い争いたくはなくて、顕良は口をつぐむ。

言い返してこない顕良を見て、納得したのかとクレタはふふん、と胸を張る。

かと思ったら不意に顔を曇らせ、

「……あーあ、おれもへいかとおんなじがよかったのになぁ」

しゅん、と垂れた耳をいじりながら、肩を落とした。

しょげた姿がなんともいたいけで、顕良はそのうつむいた頭をそっと撫でる。

「な、なんだよっ！　こどもあつかいすんな！」

「……いや。その、君の髪も耳もふわふわでとても気持ちいいし、すごく綺麗な色だと思う。だから……」

これは慰めではなく、本心だった。

子供扱いしたわけではなく、顕良自身、どうして自分はこんな身体で生まれついてしまったのかと劣等感を抱き、苦悩してきただけに、放っておけなかったのだ。

しかしもともと弁が立つほうではなく、言いたいことが上手く形にならなくて、そんな自分をふがいなくもどかしく思いながら、顕良はなんとか言葉をつむごうとする。

そんな顕良をじっと見つめると、クレタはへへ、と照れくさそうに笑い、

「しょうがねぇなぁ。じゃあ…、もっとさわってもいいぞ？」

ほっぺたを赤くして、ん、と頭を突き出してくる。

可愛い。けど男前だ。

言葉に甘えて、ふかふかとした耳ごとやわらかな手触りの髪を撫でくり回していると、

「ず～る～いぃ～！　ぼくもぉ、ぼ～く～も～！」

マルタは駄々《だだ》をこねながら、自分も撫でろとばかりにぐりぐりと頭をこすりつけてくる。

その必死な姿に苦笑しながら、顕良はもう片方の手でマルタの栗色の髪を撫で、微妙に感触の違う二人の柔毛を堪能《たんのう》する。

「ふうん」

「……なんですか」

ニヤニヤと笑みを浮かべ、面白がっている様子のエリシュに、顕良はムッとして問い質す。

「いや？　大倭国のオメガ殿は獣人に対して偏見と敵意剝き出し、って聞いてたから、王子たちのこともどんなに冷たくあしらうかと思ってたんだけどな」

すると彼は微笑みを崩さずに、グサリとくる言葉を投げつけてきた。

「へんけん…？　てきいって？」

思わず固まる顕良に、不安そうにマルタが尋ねてきた。

「そ、それは…っ、子供の前で言うことじゃないでしょう！」

エリシュの言葉はなにか棘があると思っていたが、そういうことだったのか。

今までの自分の態度を考えれば、そう評されても致し方ない。

そうはいっても、よりによっていたいけな子供に聞かせることはないではないか。

「子供の前だからって、ごまかしたり嘘ついていいの？」

しかし、ス…ッと笑みを消し、ずばりと斬りつけてきたエリシュの言葉になにも言い返すことができず、顕良はうつむく。

「あきらぁ…、おれたちのこと、きらいなのか……？」

悲しげにくしゃりと顔をゆがめるクレタに、ズキリ、と胸が痛んで、顕良は息を詰める。

確かに、まっすぐに曇りのない瞳でこちらを見据えてくる子供だからこそ、嘘やごまかしで逃げてはいけなかった。

覚悟を決めて、マルタとクレタへと向き直ると、

「すまない……私はよく知らないで、勝手に君たちを皆、怖いと思い込んでいたんだ」

腰をかがめ、視線を合わせて素直な気持ちをさらけ出した。

大倭国に流れる噂から獣人はすべて、狂暴で、自分たちとは相容れない世界で生きている理解しがたい生き物だ――そんな風に考えていた。

特に艦を襲撃されさらわれるという被害に遭って、ますますその考えは強くなっていた。だが、

「でも実際に会ってみると君たちはとても可愛くて、いい仔で……だから、嫌いなんかじゃない」

まだ獣人に対する警戒心を消せたわけではないが、微塵《みじん》の敵意も持たない無邪気なこの仔たちに、それを向けるべきではない。

それに、彼らを可愛いと思う気持ちは本心からのものだった。

なんの邪気もなく親しく接してくれて、うれしかった。突然見知らぬ場所に放り込まれた不安で強張った心がほぐされ、救われた思いだった。

それだけに、この仔たちを悲しい気持ちにさせてしまったことが申し訳なく、心苦しかった。

これでもう、さっきまでのように自分に懐いてはくれないだろうか、とうなだれていると、

「じゃあ、なかなおり、だね」

そう言って、マルタが顔を覗き込んできた。

「ごめんなさい、できたら、いいよ、ってあくしゅして、なかなおりするんだよ」

戸惑う顕良に、マルタはほら、と手を差し出してくる。

「……赦して、くれるのか……？」

おずおずと目の前に伸ばされた小さな手を握ろうとすると、

「やだ！」

言うと同時に、手を引っ込められる。

ショックに呆然とする顕良を見やり、マルタはニッ、と悪戯っぽく笑うと、

「だっこして、い〜っぱいなでなでしてくれなきゃ、ゆるしてあげな〜いっ」

そう言いながら、ぽすっと胸に飛び込んできた。

マルタの身体を抱っこすると、彼は甘えるように少し濡れた鼻先をすりすりと首筋や頬にすりつけてくる。そのなんともいえない可愛らしさとふかふかの髪に首許をくすぐられる心地よさに、顕良は思わず笑みを漏らした。

「……おれは、そんなガキみたいなことといわないぞ。こいつとちがっておとなだからな」

そう言いながらも横目でこちらをちらちらと見ながら、尻尾を忙しなくぴこぴこと振っているのを見て、クレタをそっと抱き上げてみる。すると、

「な、なんだよ……しょうがねえなぁ」

うれしそうに笑って、クレタは尻尾をブンブンと大きく跳ねさせる。

二人のやわらかな髪の毛に頬をうずめると、ふわりとあたたかく、毛羽立った心がじわりと癒されるようだった。

「へえ、君、子供好きなの？　そんな神経質そうな顔して、意外だなぁ」

からかうように声をかけられて、ハッとして顕良は顔を上げる。

「……子供たちにはなんの罪もありませんから」

緩んでしまった頰を引き締めてそう答えると、どこか探るようなエリシュの視線を静かに受け止める。

「罪、ねぇ……ま、いいけど」

物言いたげなエリシュの様子に、顕良は眉をひそめる。けれどその真意を問う前に、彼はスタスタと廊下を渡り、奥にある部屋へと入っていった。

顕良は二人を抱きかかえたまま、急いで後を追って部屋へと足を踏み入れる。すると、

「こっちで眠ってるのが、二番目の王兄の子供たち。双子ちゃんだよ」

ほら、と彼が指差した寝台に横たわる赤ん坊たちが目に飛び込んできて、さっきまで抱いていた疑念も吹き飛んでしまう。

「…………ッ」

恐ろしく愛らしい。薄茶色の柔らかな体毛に包まれた、まるでぬいぐるみのようなどこもかしこも小さくて丸っこい身体。ふるふると動く仕草《しぐさ》。すべてが可愛かった。

顔を覗き込むと、ふにふにと鼻を鳴らすような泣き声がして、胸が締めつけられるような、むずむずするような不可思議な気持ちが込み上げてくる。

身を乗り出してもっと見ようとした瞬間、エリシュの視線を感じて、顕良は慌ててこほん、と咳払いをして、赤ん坊の愛らしさにふやけそうになる顔を引き締める。

「……赤ん坊の時は獣人でも半獣人でもなく、本当に獅子の仔のような姿をしているんですね」

「獣の因子は本能と結びついてるからねぇ。戦闘本能、生殖本能……そういったものが剝き出しになった時は獣の因子が強くなる。赤ん坊は常に本能剝き出しみたいなものだろ？　これが少しずつ自我や知能が育ってくると、人の因子が強く出るようになってくるんだよ。そして第二次性徴期、性欲の高まりとともにまた獣の因子が強くなる。その過程の中で獣の因子を強く持ち、制御できるのが強いアルファである証明なのさ」

「性…って、だから、子供たちの前でそういった言葉は…っ」

エリシュのあけすけな説明に、顕良は顔を赤くして咎《とが》めようとした。だが、

「あかちゃんより、マルタのほうがかわいいの～！」

興味が赤ん坊に移ったことが不服なのか、マルタは自分のほうに顔を向けさせようと躍起《やっき》になって顕良の髪の毛をぐいぐいと引っ張ってきて、それどころではなくなってしまう。

「わ、分かったっ。分かったから、髪を離してくれ……！」

獣人の仔だからか思った以上に力が強く、このままでは髪の毛がごっそり抜かれてしまう、と顕良は悲鳴を上げた。

「ずいぶん賑やかだな」

その時。不意に艶のある低い声が聞こえてきて、顕良は思わず動きを止めた。

聞き覚えのあるその声に顔をしかめ、ぎこちなく振り向く。

だが、そこに立つ人の姿は――顕良が想像していたものではなかった。

「お前……ギルス、なのか……？」

目の前に現れたのは、褐色の肌を持ち、精悍《せいかん》な顔立ちをした長身の美丈夫だったのだ。

独特の光沢を持つ、青みがかった艶やかな黒髪と、同色のふさふさとした獣毛に覆われた丸みを帯びた三角の耳、そして長い尻尾がかろうじて獣人の時の名残を感じさせる。

「ああ。王の威厳、という点では獣人の姿のほうがいいんだが……獣人のままでは本能が高まって、熱くなりやすい。そんな状態で政務や会議などを行うわけにはいかないからな」

こともなげに言うギルスに、顕良はただ呆然とするしかない。

これが、エリシュの言っていた「獣の因子の制御」というやつなのだろうか。

年齢によって変化するという子供たちを見ていなければ、あの獣人とこの男が同一人物であるなど、とても理解することはできなかっただろう。

「遠征お疲れ様。陛下」

劇的な変化に戸惑う顕良をよそに、エリシュはギルスに近づいて、ねぎらいの言葉をかける。

「義母君《ははぎみ》も。俺がいない間、兄上たちだけじゃなく妃殿下たちの仕事も増えたからな。大変だっただろう」

「まあね……っていうか、その呼び方はやめて欲しいんだけど。一気に老けた気になっちゃうよ」

軽く睨むエリシュに、ギルスは低く笑う。

やはり二人の関係は親子、ということになるのか。見た目といい、親しげな接し方といい、どちらかというと兄弟というほうがしっくりくるように見えるのだが……なにか底知れぬものを感じるエリシュにそのあたりのことを聞くのは、なんだか恐ろしい。

「妃殿下、とはこの仔たちの母親のことか？」

代わりに、顕良はもう一つ気になっていたことを尋ねてみる。

「そうだ。王族の仔を産んだオメガは神格化され、神殿で民の声を聞いたり、兄上たちに随行《ずいこう》して外交や慰問に赴《おもむ》いたりすることも多い。だから王族の仔らはここに集めて育てているんだ」

つまりこの仔たちの父親だけではなく母親も政務などを担《にな》っていて、その間の託児所のような役割を果たしている、ということらしい。

噂を聞いて抱いていた後宮というものが持つ、性的な印象とずいぶん違うことに戸惑っていたが、まさかそういう役目もあったとは。

「へいか、おはなしして、おはなし！」

ギルスの帰還に、マルタもクレタもはしゃいでいると、

「——ギルスさま…っ」

突然、バルコニーの大きな窓が開き、常人と変わらないように見える、可憐《かれん》な少女が飛び出してきた。

「ただいま、アヌン」

優しげな微笑みを浮かべて名前を呼ぶギルスに、ぱあっと少女の顔が輝く。

「おかえりなさいっ、ギルスさまぁっ」

アヌンと呼ばれた少女はギルスの逞しい胸に飛び込み、抱きつこうとした。

だがギルスは肩をつかんでやんわりとそれを止めると、不満にぷうっと頬を膨らませるアヌンの頭をやわらかく撫でる。

「ねえ、ギルスさま、またわたしといっしょにいてくれる？　いっぱいおはなしして、いっしょにねるの！」

気を取り直してアヌンは潤んだ瞳でギルスを見上げ、お願いする。

けれど純真な少女の願いにギルスは顔を曇らせ、首を振った。

「アヌン。……俺はもう、お前と同じ部屋で寝ることはできない」

「……なんで？」

ギルスの言葉を理解できない、といった様子で、少女はぽかんとした顔で問い返す。

だがじわじわと拒否された事実が染み込んでいったのか、くしゃりと顔をゆがませ、

「やだ。やだやだやだやだぁっ」

火がついたように叫び、真っ赤になった顔をぶんぶんと振る。必死に駄々をこね、強引に抱きつこうともがくアヌンを、ギルスは苦しげな表情で見つめつつも制止し、

「これから俺は、ここにいる顕良と一緒につがいとなるための儀式を繰り返す。それは二人きりでなければできないことなんだ」

言い聞かせる口調で静かにそう言った。

「な…っ」

急に矛先《ほこさき》を向けられて絶句する顕良を、アヌンは大きく目を見開いて睨みつける。

「……きらい……」

なにか言い訳をしなければ、と近づこうとした顕良に、アヌンはぽつんと漏らす。

きちんと聞こえなくて、顔を近づけようとする顕良に、

「わたし、あなたなんてだいっきらい！」

キッ、と怒りのこもったまなざしで見据え、叫ぶ。

そのまま愕然とする顕良に背を向けて、アヌンは走り去っていってしまった。

「待……っ」

とっさに追おうとする顕良を、ギルスが肩をつかみ、止める。

「なんであんなことを言ったんだ！」

「事実だから仕方ないだろう」

憤りをぶつけても淡々と返すだけのギルスに、顕良は唇を噛む。

「きにすんなよ、あきら。あいつ、わがままなんだ」

「でもさ、かわいそうなんだよ。あのこ、ぱぱとままいないから……」

うんざりするように言うクレタと同情するマルタに、なにか複雑な事情があるのだと悟る。

「アヌンはギルスの姉姫の仔でね。嫁ぎ先で酷い目に遭って、アヌンともども命からがら戻ってきたんだけど……結局、嫁ぎ先で受けた虐待が元で亡くなってしまったんだよ」

エリシュの説明を聞いて、その想像以上に過酷な過去に顕良は言葉を失った。

「俺が悪かったんだ……いくら姉上が望んだとはいえ、あんな男に大切な姉上を託すなど、断じ

て赦すべきではなかった」

「姉姫様が婚約を決めた時、君はまだ十歳だったでしょ。……まあ、箱入りで良くも悪くも世俗に染まっていない王女様だったし、肝心の父親もあの頃荒れてたし……仕方なかったんだよ」

ギリ…ッ、と歯軋りするギルスに、エリシュは静かに言った。

「でも国に戻ってからはギルス、君が親というか、兄代わりに可愛がってくれてたのに。いきなり突き放されたら、そりゃショックだよ」

「……どの道、アヌンもいつ発情期を迎えるか分からない年頃になったんだ。俺がアルファでアヌンがオメガである以上、不必要に近づきすぎないほうがいい」

そう続けたエリシュの言葉に、ギルスはその深い苦悩を表すように眉根をきつく寄せながらも、あくまで厳然とした態度を崩そうとはしなかった。

なぜ、アルファとオメガだと近づいてはいけないのか。

ギルスの言い分に納得いかずに眉をひそめていると、

「ああ、君には分からないか……。相手を見つけて子作りの態勢に入ってるアルファは、相手の発情を誘発するフェロモンが必然的に増える。だからたとえ君と同衾《どうきん》していない時でもオメガであり、思春期を迎えようとしているアヌンと一緒に寝ることはできないんだよ。……ただでさえ、優れた因子を持った黒獅子である陛下のフェロモンは強烈だからね」

エリシュにそう諭《さと》され、顕良は愕然とする。

さっき見た彼女はまだ十歳かそこらに見えたのに。獣人では、もう大人への転換期を迎えるかもしれない年頃なのか。

「けれど……放っておいていいとは思えない」

納得がいかず、顕良はぼそりと呟いた。

いくら彼らの流儀があるのだといっても、顕良の目にはまだいとけない少女にしか映らない。

そうでなくともあんな傷ついた様子の彼女を見て、放置しておくことなどできそうになかった。

しかもその原因が、望んだものではないとはいえ、自分にもあるというのに。

「……今、君が近づいたら逆効果だろう。僕が行くよ」

エリシュは顕良の肩をぽんぽんと叩いてそう言うと、アヌンのあとを追っていった。

「お前たち。悪いが降りてくれ。これから顕良には大事な務めがあるんだ」

ギルスに声をかけられて、マルタとクレタは「えーっ」と不服そうに顔を見合わせる。

「まま、おつとめ？」

「ああ。お前たちにまた従弟《いとこ》ができるぞ」

ギルスのとんでもない発言に、顕良は目を見開いた。

「なかま、ふえるのか！」

だがそれを聞いたとたんに二人はきゃっきゃっとはしゃぎ、すんなりと顕良の腕の中から抜け、離れていってしまった。

「さあ。行くぞ」

ふかふかのぬくもりが消えて呆然とする顕良の腕をつかみ、ギルスは傲慢に言い放つ。

「ふ…、ふざけるな！　誰が……離せッ」

だがいくら叫ぼうが聞き入れられるわけもなく、顕良はさらに奥の部屋へと引きずられていった。

そして部屋に着くや否や、性急な動作で大きな寝台に押し倒される。

「い、いいかげんにしろ…っ。私など無理矢理抱こうとしなくとも、後宮なんだから他に相手してくれる女がいっぱいいるだろう……！」

少女を悲しませた直後で、どうしてこんなことをする気になれるというのか。

憤りのままに叫ぶ顕良に、ギルスは眉をひそめ見下ろしてきた。

「……一体お前は、後宮をどんなところだと思っているんだ？」

「どんな、って……各地から女……いや、オメガをさらってきて、毎夜淫らな宴に耽っているんじゃないのか」

問われ、深く考えることなく顕良は思ったままを口にする。すると、

「俺が色んなオメガをはべらせて、酒池肉林に耽っている、と…？」

低い声に、圧し殺した憤りを感じ取って、一瞬怯んでしまう。

「ち…、違うというのか？　実際、先代王は何人もの妃を娶っているではないか！」

その迫力に呑まれそうになる自分を奮い立たせ、キッと彼を睨みつけて反論を突きつける。

「……すべて、死別してからの再婚だ」

するとギルスはどこか苦しげに顔をゆがめ、呟く。

「他国ではそういったこともあるようだが……我が国ではオメガをそのような、所有欲を満たしたり性処理のための道具として扱うような真似は断じてしない」

真剣なまなざしで見据え、告げられて、その迷いのない声に顕良は戸惑い、息を詰める。

「そのような噂が大倭国では飛び交っているのか？　無責任で、無理解と悪意に満ちた噂が」

問い詰められ、痛いところを突かれて、思わず言葉を失ってしまう。

大倭国で常識とされていたことが間違いだと断じられ、足元を崩されるような不安と恐れを覚え、顕良は背を震わせた。

「ここは、あくまで愛しい伴侶やまだ幼い子供が安全に過ごすための宮殿だ。そんな爛れたものと一緒にするな」

断言され、顕良は視線をさまよわせる。

確かに、後宮に関しては噂とは違うものだったかもしれない……それでも。

「しかし、事実お前は我が艦を襲い、無理矢理私をさらった…っ。そして……今も、私に淫らなことを強《し》い、辱めようとしているではないか」

彼の迫力に引きずられまいと、顕良は声を張って我が身に降りかかった理不尽を主張する。

「辱める、か……お前にとって俺は、あくまで憎き仇、なのだな」

苦く呟くギルスに、顕良はなにを今さら、と眉を寄せた。

いくら子供は可愛かろうと、それとこれとは別問題だ。

「では、こう言うことにしよう。――お前の部下は、この後宮の近くの牢に入れている」

だが、気がかりだった雁屋の現状を持ち出されてしまえば無視することはできなくて、顕良はピクリと反応を返してしまう。

「これから俺のすることを素直に受け入れるなら、部下と会わせてやろう」

苦い笑みを浮かべていた頬を露悪《ろあく》的にゆがめ、ギルスは言い渡す。

「……卑怯者……」

「そうしないと、お前は応じてはくれないのだろう？」

震える声でなじる顕良にのしかかり、彼は艶めいた声で囁きを落とす。

そんなにしてまでつがいたいというのか。決して許すまいと閉ざしていた恥ずかしい場所をこじ開け、獣と、しかも男と交わるなどという、自分が今まで築いてきた常識では考えられないような変態的な行為を強いようというのか。

いくら人らしく姿が変わろうが、やはりこの男はただのケダモノだ。オメガを性処理の道具みたいに扱ったりしないと告げた時の真摯《しんし》な様子に、少しでも心を揺らしてしまった自分が馬鹿みたいではないか。

顕良は悔しさに唇を噛み、不遜な男を睨みつける。

「強制はしない。俺に背いたからといって、人質をいたぶるようなこともしない」

そこまでするのならいっそ無茶苦茶に蹂躙《じゅうりん》すればいいものを。この男はそんなことを言うのだ。

それがまた、顕良の歯痒さと苛立ちを煽った。

瞳が合い、彼がゆっくりと顔を近づけてくる。

「……いいんだな？」

いいもなにも、実質受け入れるしか選択肢を与えていないくせに。

もうこれ以上、おためごかしの言葉は聞きたくない。

ゆっくりと見せつけるように軍服を脱ぐギルスの姿を見ていられなくて、顕良は目を閉じる。

「――――ッ、う、んん…っ」

するとギルスに強く抱き寄せられ、性急に唇を奪われた。

やはり自分の気持ちなど、彼には関係ないということか。

悔しさとも哀しみともつかぬ感情が込み上げ、瞳に涙がにじみそうになって、泣いてなるものかと歯を食いしばってこらえた。

「いくらでも抗ってみせろ。俺は、それでもお前を手に入れる。その身体だけではなく、心も」

口許を吊り上げてふてぶてしく告げると、ギルスは唇をふさいだ。

「や…め…っ、ぅ……んう…、くうぅ……っ」

そのままきつく抱きすくめられ、唇を貪られる。

舌を搦め捕られ、痛いほど吸い上げられて、顕良はその激しさにあえいだ。

息を継ぐ間もなく、苦しさにあえぐ息すら吸い取られる。

抵抗をものともせずに、ギルスは角度を変えて幾度もくちづけを落とし、顕良の口腔をすみずみまで味わい尽くさんとするかのように舌を這わせていく。

――駄目、だ。

ギルスが放つ彼特有の雄の匂いに包まれると、頭がぼうっとして、まるで発熱したかのように目の前がかすむ。

これが……オメガの発情を誘発する、強烈な黒獅子のフェロモンというものなのか。

エリシュの言葉を思い出し、顕良は背を震わせる。檻の中で繰り返されてきた淫らな行為が頭の中によみがえってきて、いけないと思うのに、身体が勝手に熱を帯びていくのを止められない。

彼は顕良の両脚の間に身体を割り込ませ、無防備になった顕良の下腹部へと尻尾を這わせてきた。

「んぁ……んっ」

下腹部への愛撫に加え、双丘に回った手が尻たぶを押し拡げ、衣服越しに谷間の奥へと指を食い込ませてくる。

「お前の薫りがする」

ようやく唇が離されて。互いに漏れ出る吐息に混じり、ギルスが呟く。

「熟れた果実のような、芳しい匂いだ……初めて嗅いだ時よりも強く、甘くなっているな」

唇を何度もついばまれ、頬や耳許、そして首筋にまで舌を這わされながら、かすれた声で告げられて。気が遠くなるような、脳髄にじわりとなにか甘いものがにじみ出すような、そんな酩酊《めいてい》感を覚えた。

ギルスは顕良の上着の前をはだけ、半襦袢の上から乳首を吸い上げてくる。

「あぁ…、やめ……っ」

衣服を脱がされて肌をさらされる感触と、敏感な粘膜を責められて走る鋭い痺れに、顕良はうろたえて彼の逞しい二の腕をつかむ。

「せ…、せめて……汗を流させてくれ」

引き延ばそうとあがくそれは、まるで初心な女のような台詞だと、顕良は己の頬が熱くなるのを感じ、居たたまれなさに彼から目を逸らす。

だが火がついたようにギルスの息はますます荒くなった。

「駄目だ。この芳しい匂いを落とすなど、もったいないことをするな」

熱い囁きとともに、胸の先をじっくりとねぶってくる。

「あっ…ん、ま、前は、身を清めろと言伝《ことづ》てていた、だろう……！」

肌をくすぐる息と這わされる舌の感触に、身をよじりながらも顕良は抗議する。

「あの時は、男どもに混じって染みついた匂いを取りたかっただけだ。それにお前の心の準備も要ると思っていたからな……結局、無駄だったが」

不意に苛立ちをにじませ、ギルスは胸から顔を上げると顕良の顔を見据える。

その強いまなざしにドキリとして、怯み、逃れようと寝台を這う。

「ぁ……っ」

だが組み伏せられ、乱暴に下着ごとズボンを脱がされたかと思うと両膝の裏をつかまれて、脚を割り広げられる。

「ひ…ぁっ、な、に……!?」

指で双丘の狭間を押し拡げられ、秘めるべきところへと顔をうずめられて顕良は悲鳴を上げた。

秘部に差し入れられた長く肉厚の舌が内奥へと入り込んできて、襞の中を穿っていく。

「や、いやだ……そこ、いや……あぁ…っ!」

その異常な感触に顕良は身を震わせ、首を打ち振るい叫ぶが、侵略は終わらない。

覚え込まされたばかりの顕良の牝の部分。牝孔がひそむ、前立腺をねっとりと舐め上げられ、走った痺れに背をしならせる。

襞を舐める舌がその一点で引っかかる感触に、前立腺が快感にすでに浮き上がっているのが分かってしまい、あまりの恥ずかしさに涙が込み上げてしまう。

しかしギルスの愛撫は緩むことはなく、さらに指まで入り込んできて、流し込んだ唾液を前立腺に塗り込めるようにして内壁を刺激してきた。

舌と指で掻き回され、ぬめりを帯びた襞が、くちゅくちゅと淫靡《いんび》な音を立てる。

まるで媚薬かなにかのように、ギルスの唾液を吸収した粘膜がじくじくとした疼きを帯びて熱くなっていくのを感じ、顕良は震える息を漏らした。

「んぁ……ん、ぅくっ、んん…っ。や…め……そこ、もぅ……触、るな……っ」

孔の中へとゆっくりと指を沈み込まされ、秘められた内部を刺激されて突き抜ける快感に全身をわななかせ、顕良は必死にかぶりを振って訴える。

「触るな?　心にもないことを言うな」

笑いを含んだ声で囁くと、ギルスはすでに熱を帯びて昂ぶっている顕良の下腹部を知らしめるように撫でた。

「っ……や、ぁ……！」

浅ましい己の身体の反応に、羞恥で燃え尽きそうになりながらも、顕良は身体の奥から込み上げてくる疼きを歯を噛み締めてこらえ、身悶《みもだ》える。

そんな様子に煽られたのか、腰に当たるギルスの昂ぶりがさらに凶暴さを増した。男の欲望を感じて怯え、顕良が這いずって逃げようとしたとたん、腰を抱え上げられて、振り向かされる。

「触ってみろ。完全に獣人となっている時ほどはごつくないだろう？」

顕良がギルスを見上げると、彼は促すように顕良の手首をつかみ、猛った昂ぶりへと導く。

「ひ…、っ」

顕良の手のひらが触れたとたん、ギルスが鋭く息を呑む音がして、昂ぶりがビクンと跳ねる。生々しく伝わる力強い脈動に、顕良はおののいて身体を強張らせる。

握らされた昂ぶりへと視線をやると、ギルスのそれは張り詰めた幹にごつごつとした筋を浮き上がらせ、猛々しいまでの欲望をあらわにしてそそり勃ち、雄としての存在を誇示《こじ》していた。

確かに前に見た時ほど突起が激しくはなかったが、それでもいまだ顕良を怯ませるには充分すぎる質量、そして禍々しい形状をしていた。

「ああ……本当にお前は……気丈で凜としているくせに、こういったことには初心で、物慣れていなくて……可愛くてたまらない」

かすれた声でどこかもどかしげに呟かれ、その、まるで女に対して言うような言葉に屈辱を感じて、顕良は唇を噛む。

「ひぁ…っ」

膝の裏を抱え上げられ、大きく股を開かされて、はしたない姿をギルスの目の前にさらされる恥辱に悶え、抗おうと身をよじった。

「や、あぁ…っ、うそ、だ……そんな、んぁっ、入れ、るなあぁ……っ」

だががっしりと腰をつかまれ、獰猛な動作で彼の昂ぶりを後孔に擦りつけられて、怯えにたまらず身を震わせる。

「牝の孔には入れない。入り口を刺激するだけだ。力を抜け……」

情欲で濡れた声で、ギルスが囁いてくる。指ですぼまりを押し拡げられてあらわになった粘膜が、擦りつけてくる彼の先端に触れた。

その瞬間……顕良の瞳がとろけるようにかすむ。

それを見たギルスはたまらない、というように眉を寄せると、双丘を割り開く指にグッと力を込め、角度を変えた彼自身が深く、後孔の奥へとめり込んできた。

「んあぁぁ――……っ!!」

あられもない叫び声を上げ、顕良はきつく背をしならせる。じわじわと凶暴な昂ぶりが自分の内奥を侵食していき、濡れた粘膜が擦り上げられる感触に、小刻みに身体を震わせた。

「ひあぁ…っ、うそ……入って、る……んぁ…っ、いや、あぁ……っ」

圧倒的な質量が自分の中を犯していく感触におののき、顗良は絶え絶えの息を吐きながら、かぶりを振る。

苦しい。けれど限界まで押し拡げられ、浮き出た内壁の一点がいくつもの突起のある砲身できつく擦られ、絶え間なく刺激されて、生まれた強烈な快感が全身をビリビリと走り抜ける。

「……ッ、キツいな」

その刺激で、顗良の内壁がヒクリと震え、それが生み出す感覚にギルスは感嘆の声を上げた。

「や…っ、ああっ、ま、待、て…っ、待って、くれ……んあぁ…っ！」

抑え続け、張り詰めていた彼の欲望がさらに大きく膨らんだのを、顗良はまざまざと身体で知らされる。そしてもっと味わおうと動き出した彼の動きに怯え、顗良は反射的にすがるように彼の背中にしがみついた。

「ああ……入り口だけでこんなにも気持ちいいとはな……俺をすべて受け入れてくれる、この孔に入れたら、どんなに……」

そう囁いて、彼は己の昂ぶりの切っ先で前立腺、そしてその中心でひくつきはじめた牝孔を重点的に責め立ててくる。

「あぅ…っ！　いや、だ……あぁ…、怖い……っ」

入り口を擦られるだけでもビリビリと走る痺れと、募っていく疼きにおかしくなりそうなのに。もしそんなことになったら自分は一体どうなってしまうのか。想像しただけで怖くて仕方なくて、耐えきれず顗良は涙をあふれさせてしまう。

するとギルスは顕良の頬に触れ、涙をすくい取ると、

「大丈夫だ……待つさ。お前の心が成熟して、俺を受け入れてくれるまで」

そう告げて、小刻みに震える顕良の唇にくちづけを落とした。

「うん…、ぁっ、ん、ふぁ…っ」

なだめるようなそれに、じわん…と顕良のすべてが潤みを帯びる。やわらかく拭われたばかりの瞳も、猛った欲望をくわえ込まされた内奥も。

「濡れてきたぞ……分かるか？　牝の孔がひくついて、蜜があふれ出してきたのが」

ギルスはとろけてきた内壁の感触を味わうように腰を揺すり上げると、こらえきれない、という表情で、囁いてきた。

「いや…、ぁあっ、んぅ…っ。そんな……いや、だ……あぁ……んっ」

言葉とは裏腹に、彼のその逸物を入れられたら一体どれほどの快感になるのだろうと思うと、ゾクゾクと被虐的な疼きが這い上がってきてしまって、そんな自分が恐ろしくなる。

荒々しい動きに翻弄されて、ドクドクと心臓が激しく脈打つ。顕良は追いつかない呼吸に胸をあえがせた。

深すぎる愉悦《ゆえつ》に腰骨がとろけてゆきそうで……必死にその感覚に抗おうと、顕良はもがく。

しかし逃れることなど、できるはずもなく……。

「ひぁ…ッ。あうぅ…っ、うぁ…んんっ、くぅ…っ!!」

ますますギルスの腰の動きは強く、激しくなり、腫《は》れぼったく疼く前立腺を、さらにきつく擦

り上げられていく。

「んあぁ――……ッ!! ……あ、あぁ……っ」

自分の身体さえままならぬ悔しさと、圧倒的な力でねじ伏せられることに被虐を帯びた悦《よろこ》びを覚え……顕良はただ、身体を大きく震わせ、遂情《すいじょう》した。

初めて味わうそのあまりの快感の深さと衝撃に、堕ちてかすんでゆく意識の中、

「顕良……俺は、お前を……」

囁くギルスの声と、額に落とされるやわらかな唇の感触を感じていた――


顕良が約束通り雁屋に会わせてくれと訴えると、ギルスは自分は政務で忙しいからと、捕虜の監視と世話をしているという犬耳と尻尾を持つ兵士に案内を命じた。その兵士に連れられて、城塞の中心にある後宮から牢があるという西の方角に建つ堅牢な監視塔の地下へと向かう。

――私は……なにか、変わってしまっていないだろうか。

この身体の奥にひそむ牝の器官を暴かれ、女のように喘がされ……淫らな衝動に支配されるたび、『傾国』の呪いが自分を蝕んでいくようで、恐ろしいのだ。そんな不安を抱えながら昨晩も、

すがる思いで抑制剤を飲んだ。外側にも、自分では気づかない変化が起こってしまっているのではないか。それを雁屋に見抜かれてしまうのではないか。そう思うと怖くて仕方がなかった。

けれど、それでも自分は彼に会わなければならない。

彼をなんとか助ける道を探すためにも、そして、償《つぐな》うためにも。

「気をつけてください。ずいぶん気が立っているようで、暴れることもありますから」

心配そうに注意を促してくる兵士に小さくうなずいて、顕良は物音で刺激しないようにとゆっくりと牢へと近づく。すると、

「ビビりながら近づいてくんじゃねぇよ、犬っころ！　さっさと飯持ってこい!!」

勢いある怒鳴り声が石壁に反響して、響き渡る。

差し込む光も少ない、薄暗い場所だ。船底の酷い部屋に続いてこんなところに閉じ込められていては、殺気立つのも無理はない。

――……嘘だろ……顕良……？

顕良が『傾国』の血を引いていることを白状した時、そう呟いた雁屋の愕然とした顔が忘れられない。裏切られ、騙された、と思っただろう。その上敵に囚われて独り閉じ込められ続けていたのだ。どんなに絶望しただろう。

どれだけ罵られようとも、構わない。自分は味方なのだと信じて欲しい。

雁屋の苛立った様子に胸を痛めながら、顕良は覚悟を決めて牢の前に立った。

「……ッ、な……」

雁屋は顕良の姿を認めると、完全に意表を突かれた、といった様子で目を見開き、絶句する。

「……雁屋……」

牢の中、彼は無惨に破れた軍服の上着を羽織り、その下には腕から肩、胸全体にかけて巻かれた包帯が覗いていた。さすがに手枷は外されたようだが、相変わらず足枷をつけられたままだ。

「怪我、大丈夫なのか…？」

その痛々しい姿に眉を寄せ、大倭国の言葉で尋ねる。監視として遠くで見張っている兵士に会話を聞かれないようにするためだ。

すると彼は少し戸惑った顔で視線をさまよわせたあと、

「……ああ。こんなもん、たいしたこたぁねえよ」

ぼそり、と返してきた。

二人の間に流れるぎこちない空気に息が詰まりそうになりながらも、顕良は床に膝をつき、彼の前で正座する。

「顕良……？」

怪訝《けげん》そうな表情でこちらを窺《うかが》う雁屋をまっすぐに見据えると、

「雁屋、すまない……私のせいで巻き込んでしまって……詫びて済む問題ではないが、本当にすまなかった…っ」

言いきったあと、おもむろに手をつき、土下座した。

「お、おい、やめろって……！」

うろたえた声で諌《いさ》められても、顕良は頭を下げ続けた。

こんなことで償いになるとは思わないがせめて気持ちだけでも伝えなければ。その一心だった。

まいったな、という呟きのあと、ふう…、と大きなため息が落ちる。

「俺にも非はあるさ。カッときて、後先考えず突っ走ったんだからな……あのままだと、勝ち目もない戦いにみんなを巻き込んだかもしれない。結局、お前に尻拭いさせちまって……悪かった」

雁屋の言葉に、顕良は驚いて顔を上げる。

「お前が謝る必要などない。どの道ヤツらの目的が私の身柄だった以上、逃れようがなかった」

顕良がきっぱりと言って首を振ると、雁屋は苦く笑う。

張り詰めていた空気が少し緩んだようで、顕良もまた、ぎこちなく笑みを返した。

「……お前こそ、大丈夫なのか。凶暴な獣の群れに放り込まれて酷い目に遭ったりしてないのか」

だが気遣わしげに問われ、顕良は息を詰める。

知られたくない。我々の常識では考えられないような恥辱的な行為を強いられ……それだけではなく顕良自身、信じられないような快感を覚え、乱れてしまったなど……。

「……いや。心配しなくていい。子供の世話をさせられたりしただけだ」

オメガの扱いを彼がどれほど把握しているのか。だがおそらく顕良と同じ程度の知識しかないだろう、と半ば祈るような思いで結論づけ、当たり障りのない部分だけを切り取って説明した。

「獣のガキ？　危なくねぇのか」

「そんなことはない…！」

話が危うい方向から逸れたことにホッとしつつも、その差別的な発言に顗良は声を上げた。

雁屋が悪いわけではない。大倭国では獣人は凶暴で倫理観のないケダモノと教えられてきたし、顗良自身もそういった考えを持っている。

だが実際に触れ合って、そうとばかりは言えないと身をもって知ってしまった。しかもあんなにも可愛い仔たちが偏見で悪意にゆがめられるのを、黙って聞いていることはできなかった。

「確かに見た目は我々とは違う。だがすごく無邪気で可愛くて、他人を思いやる心を持ったいい仔たちなんだ」

言い募る顗良を、雁屋は啞然とした様子で見つめていたが、

「わ、分かったって。……そういやお前、顔に似合わず子供好きだもんなぁ」

そう言うと、クックッ、と愉快そうに笑い声を立てる。

「懐かしいこと思い出しちまった。覚えてるか？　海軍兵学校時代に、俺の妹が倒れた時のこと」

そう問いかけられて、顗良はうなずく。

一人っ子の顗良と違い、雁屋には弟妹がいっぱいいて、一番下の妹が高熱を出して倒れたと知らせが届いたのだ。その頃ちょうど流行《はや》り病が蔓延《まんえん》していて、最悪の事態を想像して雁屋は真っ青になっていた。

「兵学校の寄宿舎は規則厳しい上に、俺はやんちゃのしすぎで舎監に目の敵《かたき》にされてたからな。外出申請してもきっとなかなか許可してもらえねえ。そう思って、どうにか抜け出してやろうとしてたら……お前に見つかった」

「……お前、あの時すごい顔してたな。あれは忘れたくても忘れられないぞ」

「だってよ、いい子ちゃんの優等生に脱走しようとするところ見られたんだぜ？　絶対チクられると思うだろうが」

そのずけずけとした言い様に、顕良は苦く笑う。

父が高名な海軍将官だった自分が、周りからどのように見られているかはよく分かっていた。

だが母は物心ついた時からおらず、父も滅多に家には帰ってこないまま、任務中に殉死してしまったから、ほとんど家政婦と後見人の秋沙に育てられたようなものだった。

だから家族、というものがどういったものか、よく分からない。

ただ、雁屋から伝え聞く大家族の様子はとても賑やかで、あったかそうで……気性が荒く喧嘩っぱやい雁屋も、弟妹にとってはとてもいい兄だった。血が繋がった家族というのは、そんな風に強い絆《きずな》で結ばれているのかと、どこか憧《あこが》れめいた気持ちで彼の話を聞いていたものだ。

「なのにお前は、チクるどころか抜け出す協力までしてくれて……おまけに金までくれたんだよな。格好つけやがって」

「……お前、あの頃賭け事でしょっちゅう金に困ってただろう。そもそも金も持たずにどうやって離れた郷里まで戻るつもりだったんだ？　面倒を起こされては困ると思っただけだ」

「最初は貧乏人と思って馬鹿にしやがって、って思ったけどよ。妹さんによろしく伝えてくれ、って見つめてきたお前の目が笑っちまうくらい真剣でさ……あの時つるんでた仲間でさえ、妹のために金貸してくれって言っても『嘘つけ。博打《ばくち》に使うんだろ』ってせせら笑って相手にしてくれなかったのに。今思えばお前って、いけすかねえお坊ちゃまたちからもどことなく浮いてたよな。俺みたいなのにも普通に話しかけてきたし」

雁屋の家が貧乏だということは周囲でも噂になっていた。

兵学校では能力がある者には補助が下りる制度があり、顕良のようないわゆる名家と呼ばれる家の子息と、雁屋のような平民の出の者が一緒に通っていたが、将官として出世するのはほぼ名家の出の子息に限られていて、両者の間には明確な区別と対立感情があった。

能力のある者が生まれだけで差別されるなど、間違っている。

顕良自身、自分ではどうしようもない『傾国』の血、という因果《いんが》に縛られていたからこそ、そんな反発心が生まれたのかもしれない。

「なんとか妹の体調が持ち直したの確認して帰ってきたら、お前は俺を逃がしたのがばれて懲《ちょう》罰《ばっ》房に入れられてて……同じ房に入れられた時、絶対に殴られるって思ったよ」

結局、雁屋を逃がしたあと、すぐにそれは舎監に見つかってしまったのだ。

しかし彼がそんな風に悲壮な気持ちでいたとは思いもしなかった。肩を怒らせてこちらを睨んでいたのは、恩着せがましいことをしやがってと反発して突っ張っていたのだと思っていた。だがげんこつをもらう覚悟を決めていただけだったとは。

「なのにお前、『貴重な経験だった。なにせ私は優等生だからな』って澄ました顔で言い放ちやがって……あの時から借り作っちまったみたいで、ずっともやもやしてたんだ」

憮然《ぶぜん》とした表情で呟く雁屋に、顕良は小さく笑う。

それは別に貸しを作るつもりではなく、いつも『優等生』呼ばわりする彼に対してのささやかな反抗だった。

「けど、これで借りは返したからな」

雁屋はパンッ、と膝を打ち、肩の荷が下りた、とばかりにあっけらかんと言い放つ。

「……雁屋……？」

呆然と、顕良は彼の顔を見上げた。すると、

「お前があいつらの仲間だって聞かされた時は、嘘だろって思ったし……正直、騙してたのか、って裏切られた気持ちにもなった。けどよ」

雁屋はそう言うと、覚悟していた言葉を静かに受け止める顕良を真剣なまなざしで見据え、

「お前はなんにも変わっちゃいない。お堅くて融通の利《き》かない、かと思うと顔に似合わず情にもろくて女子供や部下を見捨てられない、青臭くて甘ちゃんな天神少佐のままだ。そうだろ？」

言い終わるがいなや、ニヤリ、とふてぶてしい笑みを浮かべた。

言いたい放題だな、と顕良は苦笑いしつつも、彼の変わらぬ友情を感じ取って……瞳に込み上げてくる熱いものを目頭を押さえ、必死にこらえる。

「……ああ。私は私だ」

深くうなずき、顕良は言いきった。

ギルスによって強烈な牝の快感を植えつけられ、自分を見失いそうになっていた顕良にとって、それはなによりの救いの言葉だった。

「絶対にお前をここから出してやる。――そして、二人で国に帰ろう」

強い意思を秘めて宣言し、牢の間から手を差し込む。すると、

「おう！　頼んだぜ、天神少佐」

差し出した顕良の手のひらをしっかりとつかみ、雁屋はうれしそうにぶんぶんと大きく振った。

馬鹿力め、と毒づきながら、雁屋と再び前のような関係を取り戻せた喜びと安堵《あんど》にまた泣いてしまいそうになって、顕良は急いで握り締める手に力を込め、こらえた。

4

雁屋との面会を終えた翌日。王城の後宮にある広い育児室に、顕良は用意された服を着て姿を現した。

ギルスたちが身につけている衣装とは違い、襟《えり》ぐりが大きく開いていて、袖が長くヒラヒラとしている。艶やかな光沢の白い生地に金糸と銀糸で刺繡が施されていて、派手すぎると感じるが、用意された中ではこれがまだ一番控えめなものだったのだ。

どうにも軟弱な衣装で、正直抵抗があるのだが仕方がない。

「あれ、着替えたの？　てっきり君、意地を張ってあの堅苦しい姿で居続けるのかと思ったのに」

イシュメルの民族衣装を着た顕良を見つめ、面白がるように笑ってエリシュが声をかけてきた。

「……あいにく、替えの服を持ち出す猶予《ゆうよ》はもらえませんでしたから」

居心地の悪さを感じながらも、顕良は澄まして言い返す。

「それよりなにか私にやれることはないですか」

「なに？　なんか急に積極的になっててびっくりなんだけど」

申し出た顕良に、エリシュは目を瞬かせた。

「子供は好きですし、なにもすることがないのはかえって苦痛です」

それは本当のことだが、狙いは他にもある。

この国に馴染《なじ》もうと殊勝《しゅしょう》に努力していると思わせ、なんとしても雁屋を牢から出す許可をもぎとる。そして城の内部や状況を観察しつつ油断を誘い、あわよくば逃げ出す隙を見つけたかった。

「ふぅん。……ま、僕も楽できるから、いいけどさ」

だがエリシュはどうにもなにを考えているのか読みづらく、まじまじと見つめられると、なにか見透かされているのではないかと不安で、落ち着かない気持ちになる。

「そういえば、乳母みたいな人を置いたりはしないんですか？」

「うーん、一応雑用とかする女官はいるけど。獣人の血の濃い王家の子供たちはオメガにしか懐かないから、任せるのは難しいんだよねぇ……」

話を逸らそうと質問してみると、彼は困ったように小首を傾げる。

獣人の間では、そこまで明確に違いが分かるものなのか。

母親を彷彿《ほうふつ》とさせる女性的な雰囲気など、自分には決してないと思うのに。

釈然とせずに黙り込む顕良に、エリシュはニコッとまるで聖母のような微笑みを浮かべると、

「とりあえずやる気になってくれたみたいだし、さっそくこの仔たち抱いてみる？」

そう言って、寝台で寝ていた双子の赤ちゃん獅子を指差してきた。

「えっ!?　む、無理です、こんな、やわっこそうなの……っ」

まだ手足もちょこんと短く、丸っこい小さな身体。そのいたいけな姿に、顕良は焦って首を振る。

「大丈夫だって。常人の赤ん坊と違ってそんなやわじゃないよ。首が据わるどころか、こんな風につかんだって平気だし」

「わわっ、だ、だからってそんな、乱暴な…ッ」

お構いなしにエリシュはほら、と赤ちゃん獅子たちの首根っこをつかみ、むにゅり、と強引にやわらかい身体を押しつけてきて、顕良は慌てて受け取った。

腕に抱き込むと、赤ちゃん獅子たちはひくひくと鼻を鳴らしながら、鼻先を擦りつけてくる。

人と姿は違っても、やはり子供は変わらず可愛い。

顕良は赤ちゃん獅子のもふりとした頬を手で挟み込んで、そのつぶらな瞳を覗き込む。

人の赤子のつるつるの肌とは違うが、全身を包むふわふわとした柔毛は、負けずとも劣らない滑らかで気持ちいい感触を手のひらに伝えてくれる。

とても愛くるしい丸い手についた、桜色の肉球をぷにぷにと触ってみると「きゅぅ」と気持ちよさそうな鳴き声がして、そのいとけない可愛さに、思わず顔が緩んでしまう。

「ん…？　なにか、むずかってるような」

赤ちゃん獅子のうちの右に抱っこしている仔が、いやいやをするように顔を振りながら、ぐりぐりと鼻先を胸元に押しつけてくる。

戸惑う顕良をよそに、赤ちゃん獅子は胸元の飾りを探り当てると、乳首と間違えたのか、ちゅうう……！　とすごい勢いで吸い上げてきた。

「だ、駄目だ、こら…っ」

飾りを引っ張りちゅぽん、と口から取り除くと、ふえっ、と驚いたように喉を震わせたあと、ひにゃあぁん…っ、と顔をくしゃくしゃにして泣き声を上げる。

「あ、あぁぁ……泣くな、泣かないでくれ……っ」

火がついたように泣き続ける赤ちゃん獅子に、泣かせてしまった、と顕良はおろおろしながら必死にあやす。

「ああ、この仔おっぱい好きなんだよねぇ。くわえさせてあげて」

「な……!?」

こともなげに言うエリシュに、顕良は絶句する。

――くわえさせて、って……まさか、私のおっぱ……いや、乳首を、か……!?

まじまじと平坦な自分の胸を見下ろし、くわえさせるべきか真剣に悩んでいると、

「やだな。ミルクはさっき飲んだばかりだし別にお腹空いてるわけじゃないから、指で構わないよ。まあ、吸われたいなら乳首でもいいけど？」

顕良の悲壮な顔に考えていることを悟ったのか、彼はこらえきれず、といった様子でくっくっと笑いながら指を軽く振った。

「あ、くわえさせる前に指、綺麗に洗ってね。乳首なら別にいいけど」

勘違いに真っ赤になった顕良に、エリシュは追い討ちをかけるように続ける。

「……分かってます！」

からかわれる悔しさにむすっとして、顕良は彼に背を向けた。

赤ちゃん獅子たちをいったん寝台に寝かせると、水で綺麗に指を洗い、泣き続ける赤ちゃん獅子の口元に恐る恐る差し出す。

すると、ぱくりと顕良の指に吸いついて、ちゅくちゅくと吸いはじめた。

安心したように目をつむる赤ちゃん獅子のあどけない表情と、小さな口が指に吸いついてくる感触に、くすぐったいような、むずむずするような、なんともいえない気持ちが顕良の胸に込み上げてくる。

もう片方の赤ちゃん獅子と交互に指を吸わせながらあやしていると、

「……顕良、か？」

扉が開く音のあと、聞き覚えのある声がして、顕良は緊張に息を呑む。

むやみに反発しない。毒づかない。しおらしく、殊勝に……。

正直、媚《こ》びるような真似をするなど屈辱でしかないが、雁屋の自由のためだ。

気持ちを整えて、この城の主を出迎えるために振り向く。

「やはり顕良か……！　いいな、お前は白がよく似合う」

すると執務中だったのか人型の姿のギルスは、自分の用意した衣装を身につけた顕良を見て、相好《そうごう》を崩した。

こんな軟弱そうな服が似合ってたまるか。そう思いつつも、この男の機嫌を取るために着たのだから、と自分に言い聞かせ、顕良はぎこちなく微笑む。

「だが首回りが寂しいな。置いていた首飾りはつけなかったのか」

「……………ッ」

つ…と首筋をなぞられ、チリリと走るくすぐったいような痒れに、思わずビクン、と反応した。

互いを『運命のつがい』と宿命づけてしまう婚約印の話を聞かされてから、うなじに触れられることにどうにも敏感になってしまっている。

べたべた触るな、と撥《は》ねつけたいのをぐっと我慢していると、ギルスはフッと艶やかな笑みを浮かべて顔を覗き込んでくる。

そんな目で見るな。というか、どさくさに紛れて身体を密着させるな。

殊勝な態度を取ると決めた以上、そんな風に言い返すこともできず、どう対応したらいいのか分からずうろたえていると、

「あきら、きれ〜い！」

マルタがきゃっきゃとはしゃぎながら駆け寄ってきた。

「お…、おう。まあ、いいんじゃねえ？」

どこか照れくさそうに鼻をこすりながらちらちらと顕良を見やって、クレタも近づいてくる。

「ありがとう。マルタ王子、クレタ王子」

二人が空気を変えてくれて助かった。感謝を込め、顕良は二人の頭をくりくりと撫でる。

「まあまあ、息子たちもすっかり懐いて……さすが王の選んだ人ね」

二人に続いて鮮やかな緋色の衣装に身を包んだ女性が現れ、ほがらかに笑いかけてきた。

その衣装が自分の着ているものに似ているのを見て、やはりこれは女性用なのかと愕然とする。

「顕良。この人は俺の長兄の妃、マルタとクレタの母親だ」

ギルスから改めて紹介され、彼らのつながいにきちんと女性もいることに安堵しつつ、顕良はうやうやしく腰を折って挨拶をした。

朝から二人の姿が見えないと思ったら、今日は本物のママと一緒だったらしい。

「今日は他国の客人たちをこの国自慢の客船に招いて、海上パーティーを開くんだ。小さな王子王女たちのお披露目《ひろめ》も兼ねてな」

ギルスの説明に、道理で皆いつもにまして着飾っていると思った、と納得する。

基本、別の国からつがいを選ぶ王族たちは、小さい時から様々な国の獣人たちと交流を持ち、理解を深めていくらしい。

「おれはへいかみたいにおよめさん、じぶんでさがしにいくんだから、いらないのに」

「そうだとしても、他国の文化や人々をよく知らなければ苦労するぞ。練習だと思っておけ」

不満そうに呟くクレタに、ギルスはそう諭しつつ、わしわしと頭を撫でる。

「アヌンも出席させるの？　まだ部屋から出てこないんだけど……」

「もちろんだ。イシュメル国の王女として、アヌンもいずれは他国の王族の下に嫁がなければならない日が来る。そのためにも、他国民との交流に慣れておく必要があるからな……いつまでも、逃げてはいられないだろう」

困り顔で尋ねるエリシュに、ギルスはしかつめらしくうなずいた。

だがギルスはふいに真剣な表情でこちらを向くと、

「顕良……よければお前も一緒に出席して、子供たちのことを気にかけてやってくれないか」

おもむろにそう切り出してきた。

「わ、私が……!?」

突然話を振られ、顕良は言葉に詰まる。

「そうだね。僕たちは来賓《らいひん》の方々をもてなすのに忙しくなりそうだからなぁ。君、前向きに馴染もうと努力する気になったようだし、子供も好きなようだしね。ちょうどいいんじゃない？」

追い討ちをかけるようにエリシュにまで勧められて、顕良は頭を抱えた。

確かに子供たちは可愛い。それにアヌンのことが気がかりではある。だが、だからといってよく状況がわかっていない自分が、どうやら王族も多く集まるらしい重要な場に出ていいのか。

けれどよく考えてみると……他国の者が大勢集まる宴、というのはひょっとしたら脱出の手段を探す絶好の機会なのかもしれない。

「……私は、無骨者だから社交界などといった華やかな場の作法は不得手《ふえて》だぞ」

迷いから、顕良は後ろ向きな返事をこぼす。一応作法は心得てはいるが、気取った雰囲気の中での踊りや歓談などを交わす浮わついた場所には苦手意識のほうが強かった。

「構わないさ。お前はそのままでいい。むしろ、下手に愛想など振り撒《ま》かないでくれ」

ギルスはきっぱりとそう言いきり、目を細めて熱っぽく顕良を見つめてくる。

だから、どうして真顔でそういうことを言うのか。

その言葉に惑いを強くしながらも、覚悟を決めるしかないと、顕良は小さくうなずいた。


そして日が沈み――カシュクール港に浮かぶ王室所有の大型客船は飾りつけられた無数の灯《あか》りで彩られ、漆黒の海に浮かび上がるその姿はなんともいえず幻想的だった。

次々と乗り込んでくる賓客たち。彼らを出迎えるタラップから甲板まで、イシュメル海軍の礼服に身を包んだ士官たちが左右の端に控え、ずらりと整列していた。

会場となる甲板に賓客たちが集まった頃を見計らい、すでに船内で待機していた軍服に身を包んだ雄々しい獣人姿のギルスが、開いた扉から姿を現す。

その瞬間、号令が高らかに響き渡った。

すると甲板へと続く大階段の左右に並んでいた士官たち全員が一斉に腰に差したサーベルを抜き放ち、高らかにかかげ上げる。灯火《ともしび》を弾き輝く白刃《はくじん》が作り出す厳《おごそ》かな光の花道の中を降りていくギルスに、その場にいる全員の視線が集まった。

痛いほどの注目を当然のごとく受け止め、ギルスは場に君臨《くんりん》する。自分に対して甘い言葉を囁く男と同一人物と思えぬほど、威厳ある姿。この男は確かにこの国を統《す》べる王なのだと改めて実感して、そのあとに続きながら、顕良は密かにため息を漏らす。

ギルスは挨拶と軽い演説を述べたのち、賓客たちへと声をかけていく。

今日の主な客は、近隣国の王侯貴族や将軍、首席――様々な獣人の力を持ち、国の中枢を支配する者たちだった。

彼らは強大な獅子の力をもって発展を続けているイシュメル王国との絆を固め、あわよくばその血を継ぐ王族との婚姻を進めようという目的を持ってギルスの下を訪れたのだと、王の側近であるゼガリアから聞いている。もっとも、これはイシュメル王国に限らず獣人の血を継ぐ各国の特権階級による交流は様々な国で行われ、ギルスたちが他国へ出向くことも多いらしい。

テーブルには酒や、料理人たちが総出で腕をふるった料理が並べられ、給仕たちが忙しく立ち働く。人数が多く交流を目的としているゆえに、決まった席というものはないようで、各々、酒を片手に談笑していた。皆、ギルスとの会話が主で、顕良は直接声をかけられることはないが、ちらちらと男女問わず、もの言いたげな視線を投げかけられる。

ギルスから愛想を振り撒いたりしなくていいと言われているのが救いだ。おかげで顕良はじっくりと周囲を観察することができた。

「それにしても、ギルス陛下がとうとうつがいを見つけられるとは……王妃の席を狙っていたオメガは多いですからな。いきなり現れて憧れの地位を得た人物に、皆興味津々ですよ」

ギルスと親しげに話していた白髪の紳士はそう言って、周りを見回す。

遠巻きにこちらを見ているご婦人や、中性的な青年たちの視線の意味を知って、顕良の胸の中に苦いものが込み上げる。

ギルスの伴侶になるのだとまるで周知の事実のように語られることに、自分の意思に反して着々と外堀を埋めていかれているような恐れを感じるのだ。

「しかし、このお方がかの大倭国のオメガですか……初めて拝見しました。噂には聞いたことがありましたが、まさか本当に実在するとは。存在を信じて探し求めていた陛下の信念が実を結びましたな」

「閉ざされた遠き島国の、神秘に包まれた貴重種の麗しきオメガ——娘を貴方のつがいに、と望んでいた身としては口惜しいですが、文句のつけようがありません」

口々にそう評されて、そういえば大倭国の軍艦を襲った時、ギルスは「ずっと俺はかの存在を探し求めていた」と宣言したことを思い出す。

異なる血を入れるほどあらゆる環境に適応しやすく強い子孫を残せる可能性が高まるゆえに、種として珍しいほど伴侶として尊ばれるらしい。そう言えば聞こえはいいが、そもそも血筋だけを見て価値を決めること自体が気に入らない。そのせいで目をつけられ、さらわれてしまったのだとすれば、なおさら。所詮は珍獣扱いではないか、と顕良は内心憤慨《ふんがい》していた。

「そう言っていただけると痛み入る。貴重種ゆえ、この者を狙っていた者も多いだろうが——今はもう、俺のものだからな」

そう言ってギルスは不敵な笑みを浮かべ、見せつけるようにして顕良の肩を抱く。

「……………ッ」

その傲慢な台詞に、顕良はギュッと拳を握り締める。

だが、雁屋の自由ため、我慢だ。

呪文のように胸の中で呟いて、なんとか反発の言葉をこらえる。

貴重種という看板は、よほど見る者の目を曇らせるらしい。それともギルスに対するご機嫌伺いのつもりだろうか。男の顕良に「美しい」だのしきりに世辞を言ってくる彼らにどうにもついていけず、顕良が視線を移すと、同じ年頃の子供たちの輪の中にいるマルタとクレタが目に飛び込んできた。

——二人とも、頑張っているな。

慣れない場所で緊張しているのか、かしこまった様子でそれでもなんとか馴染もうと奮闘《ふんとう》する二人に、強張っていた顕良の心がほどける。

そういえば、アヌンはどこにいるのだろう。

彼女もこの宴に参加しているはずだが、子供たちの中に、彼女の姿が見えない。

「……申し訳ありませんが、少し失礼していいですか」

会話の切れ間に、顕良は切り出す。

「どうした？」

眉を寄せ尋ねてくるギルスの耳許に顔を寄せ、アヌンを探しに行くと囁く。すると彼もすぐ状況を悟ったのか、分かった、とうなずいてすんなりと腰を抱いていた手を離した。

部屋に閉じこもっていたという彼女は、強引にこの宴に連れ出されたことに反発して、どこかに隠れているのかもしれない。

面と向かって嫌いと言われてしまったし、今も自分に対していい感情は持っていないだろう。

けれど……虐待を受け、母親を失ったつらい過去、そして慕っていたギルスから突然突き放された哀しみ、それらを思うと、とても放ってはおけなかった。

給仕たちに尋ねながらアヌンを探していると、見張りの兵士に声をかけられた。

「アヌン王女は先ほどから船内の個室で客人と話し込んでいらっしゃるようなのですが、少し様子がおかしく思えまして……」

兵士が扉越しに声をかけると、アヌンに『近づかないで！』と強い調子で言われてしまい、強引に立ち入るのもはばかられ、対応に困って上に報告しようと思っていたところだった、と話してくれた。

兵士に部屋の前まで案内してもらう。

気が立っているところに嫌っている自分が顔を出せば、アヌンの気持ちは余計にささくれ立ってしまうに違いない。だが話を聞く限り、アヌンと話し込んでいる客人とやらはあまりよい印象の人物ではないらしい。なにかあったあとでは取り返しがつかない。下手に扉の前で問答するよりも、と顕良は思いきって扉を開けた。

「なんだ？　無礼な……！」

声かけもせずにいきなり部屋へと入ってきた顕良に、威圧的な声が降ってくる。

「失礼。こちらにアヌン王女がいるとお聞きして、お邪魔させていただきました」

だが覚悟していたので怯みはしない。静かにそう言って部屋を見渡すと――隅でうずくまって泣いていたアヌンを見つけ、顕良は目を見開く。

「アヌン王女……っ」

アヌンは弾かれたように顔を上げる。

「……な…、んで、あなたがくる、の……」

けれど顕良を見ると、泣きすぎてかすれた声でそう呟き、くしゃくしゃになった顔を隠すようにして再び膝の上に突っ伏した。

「一体これはどういうことですか……？」

ただごとではない雰囲気を察して、高圧的な態度の男性を顕良は鋭く睨む。

さらに機嫌を悪くするだろうと予想していたのだが、意外にも男性は顕良を眺めると、にこりと微笑みを浮かべた。

「こちらこそ失礼いたしました。初めまして、貴方が大倭国のオメガ様ですね。お目にかかれて光栄です。私、イーシャン・ツェンと申します。どうぞお見知りおきを」

顕良の手を取り、男性は優雅に胸に手を当てて腰を折る。柔和《にゅうわ》そうに笑ってはいるが、その目は鋭く顕良を観察していた。

「……ご丁寧にどうも。それで、私の質問に答えていただけますか」

「そんなに凄まないでください。私はただ、アヌン王女の相談に乗っていただけですよ」

警戒を緩めない顕良に、イーシャンは肩をすくめて首を振る。

「誰より慕うギルス陛下に突き放され、思春期前にこのような社交場へ出ることになった――

それは早く他国の王族のアルファとつがわせ、この国から出ていかせるため……つまり、体《てい》よく厄介払いしようとしているのでは、とアヌン王女は不安に思っていらっしゃるようなのですよ」

続けられたイーシャンの言葉に、アヌンはビクリ、と身体を大きく震わせる。

「貴方にも分かるでしょう？　両親を失い、絶対的庇護と後ろ楯をなくした心細さ。そして母親のように嫁いだ先で酷い扱いを受けるかもしれない、という恐怖。なによりも自分は愛されていないのでは、という哀しみ――――」

顕良は素早く飾りポールをつかむと、ダン！　とイーシャンの首スレスレの壁へと鋭く突きを入れ、それ以上の言葉をさえぎる。

「――――貴方が、この仔にそう吹き込んだのか」

「……ッ、な」

すぐ真横で激しい衝撃に振動するポールに、ゾッとした表情でイーシャンが顔を引きつらせた。

滔々《とうとう》と語るイーシャンの言葉を穏便に止めるすべが思いつかず、少し手荒な手段に出てしまった。だがちくちくといたぶるような陰湿な手段で、いたいけな少女を泣かせたこの男を、そのままのさばらせておくことはできない。

「先日までギルス王を無邪気に慕っていたこの仔が、突然そんな風にすべてを疑ってかかるものか。なにより……この仔は今もギルス王を待っている。自分がいないのに気づいて、彼が探しに来てくれることを」

とっさに出た「なんであなたがくるの」というアヌンの台詞は、彼女の期待とは違ったから……つまりあの時、ギルスに来て欲しいと願っていたからに他ならない。

代弁する顕良にアヌンはひくり、と喉を震わせてしゃくり上げ、ぽろぽろと涙を零す。

「いたいけな子供の不安をむやみに煽り、怯えさせるのはやめていただきたい」

アヌンをかばってイーシャンの前に立ちはだかり、顕良は彼を睨みつける。

「……意外ですね。貴方はギルス陛下に反発していると小耳に挟んでいたのですが」

するとイーシャンは開き直った様子で不敵な笑みを浮かべ、挑発的に言う。

「貴重種のオメガが、あのギルス陛下のものにされてしまったのかと、内心落胆する声も多いのをご存じですか？」

「なに……？」

「黒獅子王のつがいになる、ということは……この華のかんばせを見られるのも、あとわずかとなるわけですからね。本当に惜しいことだ」

しみじみと言われ、不吉な予感に胸がざわめく。

「もしかして、ご存じないのですか？　黒獅子王の妃は早死にする、という話を――」

「それ以上、教えてくれなくとも結構」

意味ありげに囁いてくるイーシャンの顔の前に手をかざし、顕良はピシリと拒む。

気にならない、といえば嘘になる。だが陰でこそこそするのは性に合わない。特にこんな胡散《うさん》くさい男の言うことに耳を傾ける気にはなれなかった。ギルスもこのくらい分かりやすくいけすかない男なら、いっそ楽なのに。ふと浮かんだそんな思いに、思わず唇からため息が漏れる。

「聞きたいことがあれば、私は直接ギルス王本人に聞く」

振り切るように断言すると、顗良はおもむろにアヌンと向き合う。

「……アヌン王女。君も、ギルス王自身の口からどう思っているのかを聞くべきだ。他人の無責任な言葉ではなく」

「わ、わたし、が……？」

怖々といった様子で呟く彼女に、顗良は「ああ」と大きくうなずく。

「もしも怖いなら、私も一緒についていく。……私でよければ、だが」

そう申し出て手を差し出すと……アヌンは顗良をじっと見つめたあと、おずおずと手を取り、すがるようにぎゅっと握り締めてきた。

「いいのですか？　王女がイシュメル王族として他国に嫁がされる運命なのに変わりはないのですよ。無駄に傷つくだけだと思いますが」

「それが定めだとしても、もしもアヌン王女が酷い扱いを受けたとしたら、ギルス王は決してそんなことを赦したりはしない。むしろ過去の悲劇を知って身に染みているからこそ、そんなことにならないよう全力で彼女を護るはずだ」

自分が止めていたら、と悔いていたギルスがそんな無責任なことをするわけがない。認めるのはしゃくだが、あの男はそれだけの度量を持ち合わせている。

「――その通りだ」

朗々と響く声に驚いて振り向くと、いつの間にか開いた扉の向こう側にギルスが立っていた。

「なぜお前がここにいる？」

ギルスは部屋へと足を踏み入れると、ジロリ、とイーシャンを見やる。

「つれないお言葉ですね、ギルス陛下……私は充分貴方様のお役に立てたと自負しているのですが。目標が果たせればたちまちお払い箱ですか。なんとも寂しいことです」

ちらりと顕良を見やったあと、イーシャンは大袈裟に首を振りつつ嘆いた。

「働きに対しての対価はたっぷりと支払ったつもりだが……これ以上を欲しがるか？　強欲は身を滅ぼすぞ」

「いえいえ！　とんでもない。ですがなにかございましたら、いつでもお声がけくださいませ。微力ながら、陛下の御為《おんため》に全力を尽くしますゆえ」

凄むギルスに、揉み手せんばかりに媚びた愛想笑いを浮かべると、イーシャンはそそくさと部屋を出ていった。

「アヌン」

ギルスに呼ばれ、アヌンは顕良の腕にしがみついて小さく震える。

また突き放されることに怯えるアヌンに、ギルスは苦く微笑うと、

「すまなかった……急に態度を変えて、君を不安にさせてしまったな」

そう言って、彼女の頭を優しく撫でた。

「だが……正直なことを言えば、これからアヌン、君を取り巻く環境はもっと変化していくだろう。君自身さえも」

それでも安易な慰めの言葉をかけることなく、ギルスは厳然とした口調で言い渡す。

「その時自分がどうなりたいのか、そのためになにをすべきなのか。自分の本当の気持ちを理解するためには、様々なことを知る必要がある。今日ここに連れてきたのも、そのためだ。俺は、君に箱入りのまま世間を知らない状態で、いきなり他の国に嫁ぐようなことになって欲しくない。……他の世界を少しずつ知っていって欲しいからだ」

戸惑うアヌンに、ギルスは切なげに目を細めて言い募る。

箱入りのまま婚姻を結び、酷い運命を辿ってしまった彼の姉である、アヌンの母親のことを思い出しているのかもしれなかった。

「他の……世界？」

「そうだ。君はまだ数えるほどの人としか出会ってはいない。後宮やごく限られた場所しか知らない。だからそれらが自分の世界のすべてだと思うだろう。しかし世界はもっと広く、様々な可能性に満ちているんだ」

彼のその言葉に、顕良はドキリとする。

狭い世界をすべてだと思っている。

……それは、大倭国という小さな島国の常識をすべてと感じている顕良自身にも、言えることだったからだ。

「もしかしたら、つらく苦しいこともあるかもしれない。だが、忘れないでくれ——君は一人ではないということを。俺は君のことを可愛い娘のように大切に思っている。どんな時も我ら家族の絆は変わらない。なにか困ったことがあれば、どこにいようと必ず助けに行く。絶対だ」

真摯なまなざしで告げ、誓うように手を握り締めるギルスに、アヌンは頬を染め、いまだ戸惑いを残しつつも、ぎこちなく、それでも小さくうなずいた。


騒動が一段落して、宴も終わり、後宮へと戻る途中、

「あのイーシャンとかいう男……一体何者なんだ」

顕良はどうしても気になってギルスに尋ねる。

「有名な情報屋だ。国々を渡り歩き、様々ないさかいごとを飯の種にしているんだ。だから、ほころびを見つけるとそれを広げ、面倒を起こそうとする……厄介な男だ」

諜報《ちょうほう》活動というのは基本、他を出し抜くためのもの。争い事や対立が多ければ多いほど、その需要は増し、彼の持つ情報や人脈の価値が高まる――それゆえ、火種を見つけては油を注いで回る、ということなのか。

それでもこうしてお目こぼしされるのは、情報屋として有能ゆえなのだろう。確かに厄介な男だと、顕良は深くため息をついた。

「顕良、よくアヌンを護ってくれたな。ありがとう」

ギルスに礼を言われ、顕良は顔を曇らせる。

「結局お前の権威を借りただけだ。自分の力ではない」

ただの小さな島国の珍獣でしかない自分が、王女であるアヌンの意思を無視して部屋へ踏み込んだことも、招待客であるイーシャンに対して無礼とも言える振る舞いをしたことも――この国の王であるギルスに「子供たちを気にかけてやってくれ」と託されたという大義名分があったからこそできたことで、彼の後ろ楯があるからこそ咎められずに済んだのだという自覚があった。敵視していたはずの彼を頼りにしてしまったことに忸怩《じくじ》たる思いで首を振る。だが、

「それでいい。目の前の守るべき存在よりもプライドを取るほど愚かなことはない」

ギルスはきっぱりと言いきった。

そんな風に言われてしまうと、気にしている自分のほうが小さい人間のようで、彼の度量の大きさを認めざるを得なかった。

自室へと着き、当然のようにギルスも一緒に入ってソファに腰かける顕良の横に座ると、

「さっき、俺なら全力でアヌンを護るはずだと断言してくれただろう？　そんな風に思っていてくれたんだと分かってうれしかったぞ」

その時のことを思い出したのか、はにかんだ笑みを浮かべて言う。

「己の身を護るために、王であるお前の名を持ち出して牽制《けんせい》した。それだけだ」

聞かれていたのか、と気まずい気持ちになりつつ、ごまかそうとしかめ面をして答える顕良に、

「俺の存在がお前を護れたということがうれしいんだ」

それでもいい、とギルスは慈《いつく》しむようなまなざしで見つめてくる。

自分はあくまで油断を誘うために理解を示す振りをしているだけだ。……そう言い聞かせながらも、てらいもなく言いきる彼のまっすぐさに胸がさざめいて、なんだか苦しくなる。

「――黒獅子王の妃は、早死にする。あの男が、そう言っていただろう」

まさか、ギルス本人からその話を切り出してくるとは。

彼の口から飛び出したその不穏な言葉に、顕良はドキリとする。

「……そこまで聞いていたのか？」

「すまない。あの男がなにを企《たくら》んでいるか知りたかったんだ。それに……お前が、話を聞いてどう思うのかを」

恨みがましい目で見つめる顕良に、ギルスは素直に認め、そう言った。

「黒獅子王の妃は早死にする――それは、事実だからだ」

衝撃的なその話を、誰でもない、彼自身に肯定《こうてい》され、顕良は大きく息を呑む。

「強い雄である黒獅子の因子は、その強力さゆえに黒獅子の血を引く仔を宿す母体に苛烈《かれつ》な負担を強いてしまう。お前も噂に聞いていたようだが、黒獅子であった父の仔を妊娠した妃たちも、その負荷に耐えかね、衰弱し……皆、天に召されてしまった」

正確に言えば、顕良が聞いていたのはもっと悪意にゆがんだ噂だったのだが……さすがにそれはもう口にすることはできなかった。

「……獣の子を産むくらいなら、いっそ処刑されたほうがましだ。初めて会った時、お前はそう言っただろう」

静かにそう告げられて、顕良の心臓はギシリ、と重く軋みを上げる。

襲いかかってきた敵に対しての罵声だったが、今、この場で冷静に自分の発言を聞くと、あまりにも悪意と偏見に満ちあふれた酷い言葉だったと思う。

せめて、少しでも彼の声に責める響きがあったならよかったのに。

かすかに哀しさの混じった淡々とした口調で言われ、顕良の中の罪悪感がいや増す。

「だが、この国では違う。どれだけ危険が伴おうと、たとえ王妃自身が亡くなったとしても……黒獅子である王の仔を産むことはなににも代えがたい名誉であり、オメガにとっての最大の喜びだと皆が口を揃えて言う。その仔が黒獅子であれば、それはもう至上の幸福だと信じられている」

顕良にしてみれば信じられない、理解しがたい話だ。黒獅子王の仔を産むためなら、自分が死んでも構わないなど。しかし憤りをにじませるギルスの昏い表情に、彼もまた、それを当然と思っているわけではないのだと知る。

「お前はこうも言ったな。……先代王は何人ものオメガを娶り、妃となった者を皆、嬲りものにした上に殺したと」

以前、聞きかじった中傷を真実だと思い込んだまま自分が言い放った台詞を持ち出され、あまりの居たたまれなさに顕良はただ、唇を噛んでうつむくしかなかった。

「だが、現実はもっと泥くさく、無様なものだ。父は決して妻を犠牲にして平然と他のオメガを囲えるような男ではなかった。……一人目の妻が亡くなった時は、あまりの哀しみに臥《ふ》せってしまって、それにつけ込もうとする輩《やから》のせいで、国の政治が一時的に混乱する事態に陥《おちい》ったほどだったそうだ」

「臥せった……黒獅子王が？」

凶悪な獣の中でも特に暴虐非道だったという彼の噂からは信じられないような話だ。

驚きを隠せず問う顕良に、ギルスは「ああ」とうなずくと、

「……王としては、恥ずべきことだ。しかも他国から恐れられる強大な力を持つ王である父が、自分のそんな弱い側面を知られるわけにはいかない。だから必死に強気な態度で平静を装うようになった結果、大倭国で流れている噂のような非道な暴君、という印象を与えたようだが……女々しい王と思われあなどられるよりは、そのほうがいいと考え否定しなかったんだろう」

苦いものを飲み下すように顔をゆがめた。

「それでも黒獅子の仔を、と周囲に望まれ、妻に先立たれ続けて……四人目でようやく黒獅子の仔を授かった時には、衰弱していく妻を抱き締めて、人目もはばからず泣き崩れたそうだ」

想像以上の凄絶な話に、顕良は目を見開き、言葉を失ってしまう。

王としての立場と責務を果たすために、そこまでの思いをしなければならないとは。

そんなこととも知らず、無責任に噂を鵜呑《うの》みにして、ギルスに傷口を容赦なくえぐり続ける言葉ばかりをぶつけた自分こそが非道な人間に思えて、顕良は重く塞がる胸を押さえ、目を伏せた。

「父は最後の妃、エリシュとの間には子供を作らず、ただ愛するためだけに娶ったと言っていたよ。年の離れた妃ということもあって、息子の俺が呆れるほどに甘やかして溺愛《できあい》していた」

「それで……お前とほとんど年が変わらないのか」

ぽつりと漏らす顕良に、彼は苦笑して、うなずく。

「俺は、そんな風に諦めたくない。屈したくない。俺は……愛する妻と、二人で子供を抱く。そのためならば、なんだってする」

強い決意を秘めた瞳で、ギルスはそう告げた。

「お前も薄々感づいているだろうが……大倭国の情報を得るために、イーシャンを使った。極秘扱いの大倭国のオメガの居場所を知るには、手段を選んではいられなかったんだ」

「……どうしてそこまでして大倭国のオメガにこだわる。いくら珍しいとはいえ、お前たちにしてみれば獣人に対して偏見に満ちた、いけすかない国のはずだ」

「確かに。お前たちだけではなく、俺たちにも偏見はある。大倭国の政策は、お前の言う通り我々には受け入れがたい。なにしろ環境に恵まれて外敵に滅多に狙われないことにあぐらをかき、狭い箱庭のような世界に閉じこもって、自分たちとは違う存在をろくに知ろうともせずに異形だ、ケダモノだと忌み嫌っているんだからな。なんという傲慢で怠惰《たいだ》な、臆病者たちだろうと思う」

「………ッ」

自分たちの排他的で閉鎖された世界の異常さを指摘され、顕良は息を詰めた。

「この国では強いアルファであることを証明するため、他国を旅しながら己のつがいを探す。自分たちとは異なる文化や考え方を知り、世界と可能性を広げながら、惹きつけられ、心が求めるものを見つけるために」

誇りをにじませてそう話すギルスに、顕良はどこか羨望《せんぼう》とも焦燥《しょうそう》ともつかぬものを感じていた。

思春期前から『傾国』の呪いに縛られ、それゆえに人と違うと言われることを恐れ、進路も教育係である秋沙の導きのままに進み、教え込まれた「模範的な大倭国国民」として生きてきた。

様々な国を旅し、自分の心のままに生きる——それは、顕良にとってはほとんど絵空事《えそらごと》に近い、空想の中にしか存在し得ない話のように思っていたのだ。

「だが、もちろん危険も伴う。我らの先祖も同じように旅していた時——大倭国周辺の海域で奇襲を受け、海へと落とされた。それは海賊ではなく、大倭国海軍だった。大倭国は主な大陸から離れているから、他国から来る船は長期の航行に備えて必然的に多くの物資を積んでいる。大倭国海軍はその物資を奪う目的で、祖先の船を襲ったんだろう。祖先も勇猛な獣人だったそうだが、複雑な海流の海に投げ出されてしまってはどうしようもない。渦《うず》に呑まれ、溺れ死ぬかと思ったその時、奇跡が起こった。その強靭な肉体は激しい波に揉まれながらも、恐ろしい海流を乗り越えて島へと流れ着くことができたんだ。——そこで、大倭国の主、『狛犬』のつがいである美しいオメガと出逢った」

「それはまさか……『傾国』か？」

「……大倭国では、そう呼ばれているらしいな」

のちに『傾国』と呼ばれ蔑まれることになるそのオメガは、傷つき衰弱したギルスの祖先を助け、親身に世話をしたらしい。

「祖先は、出逢った瞬間に悟った。かの者こそが自分が探し求めていた、運命の相手だと……だが、すでにそのオメガには、伴侶がいた」

「それで……邪魔になった『狛犬様』を殺したのか」

「結果的にはそういうことになるな。だが、さすがに最初から殺そうとしていたわけではない。

『狛犬』は、狭い島国に閉じこもって外敵のいない環境が続き、高慢《こうまん》で堕落していた。つがいであるオメガを、いつになっても世継ぎを孕まないことを理由に虐待し、こき使い、自分は多くの妾や遊び女をはべらせ、享楽《きょうらく》の限りを尽くしていたそうだ。自分が役立たずだから悪いのだとずっと耐えて民のために働くオメガに、抑えきれなくなった祖先は想いを告げ、二人は結ばれて――やがてオメガは、仔を宿した」

「『傾国』が仔を……？」

それは顕良の知らないことだった。

だが、それならば『傾国』の血を引くものを隠蔽してきたことにも合点《がてん》がいく。

由緒ある『狛犬』の純血種ではなく、侵略者である者の血を引いていたのだとすれば……その子供は、大倭国にとって屈辱の証でしかないからだ。

「それは世間から見れば不義の仔であり、逆らうことを赦さぬ独裁者だった『狛犬』は、つがいの裏切りを赦さなかった。つがいを殺そうとした『狛犬』と、我らの先祖は戦った。鍛錬を怠り、さらに近親婚を繰り返したせいで能力も劣っていた『狛犬』に、俺たちの祖先が負けるわけがない。結果、国主である『狛犬』を殺した罪で追われる身となった祖先は、身重のオメガを連れて逃げた。なんとか自分の国に連れ帰り、添い遂げようと……だが知っての通り、大倭国の周囲に流れる激しい海流を乗り越えるには、特殊な航行技術が必要だ。――それでもなんとか船を出してくれる船乗りを探し出し、魔の海流を抜けようとした時、オメガは『自分は一緒に行くことはできない』と並走していた小舟へと乗り移った。その船は、なんとか我らの祖先だけでも無事国に帰そうと、オメガが身籠った子供とともに国主を失った大倭国に残ってその穴埋めをすることを条件に取引し、雇った船だったんだ」

彼が語る話と、自分がずっと聞かされてきた話との違いに、顕良は衝撃を受け、混乱する。話を聞いていると、堕落した淫婦、稀代《きたい》の裏切り者と罵られてきた『傾国』が実は、民を思い愛する者と国をその身を張って助ける……自分が考えていたのとは、まるで真逆の人物に思えてくるのだ。

「どんな事情があろうと国主を奪ったことに変わりはない。これがその罰かと、愛する人と仔を一度に手放さなければならない哀しみに慟哭しながら、それでも二人が国主とその母として健やかに過ごせるならばと涙を流し、自分を無事に逃がしたいと願ってくれたオメガの真心を尊重して逆らうことなく祖先は一人国を去った。無事祖国に戻った祖先によって、大倭国のオメガは、ここイシュメル王国では祖先を救った慈しみに満ちた女神として語り継がれ、伝説の存在となっている」

「女神……『傾国』が？」

信じられない思いに呟く顕良に、ギルスはうなずいた。

「だが……大倭国から獣人は消えた、という話が伝わってきた。どういうことなのか。探ろうにも大倭国は鎖国され、しかも国主殺しの大罪人の国として目の敵にされている状態で下手に刺激すれば、国に残っているはずの、祖先とオメガが遺した子孫たちの安否を脅かすことになると恐れて、なかなか事態を把握することはできなかった。そもそもかなりの時が経っていて、祖先の話は果たして真実だったのか、そう疑問を抱く者すら出ていた。遭難した時に見た幻だったのでは、と」

そう言って彼は悔しさをにじませる。

「俺は、どうしても確かめたかった。祖先が出逢った『大倭国のオメガ』は本当に実在したのか。それを探っていくうちに、恩人であるオメガは狛犬殺しの罪を着せられ『傾国』と呼ばれ侮蔑されてきたということや、その血を受け継いだオメガは存在自体を秘匿《ひとく》され、抑圧されてきたことを知って、腸《はらわた》が煮えくり返る思いだった」

その言葉に衝撃を受け、顕良は目を見開く。

当事者である顕良自身すら、『傾国』は悪だと決めつけて、それを覆そうだなどと思ったことはなかった。

懐疑的《かいぎてき》な意見もあったということは、おそらく大倭国のオメガを捜索すること自体にも渋い顔をする人もいたことだろう。それでなくとも排他的で、複雑な海流によって外海から隔たれている大倭国について探ることは相当な苦難があっただろうに、あくまで信じ続けた彼の意思の強靭さに、圧倒される。

「そしてその子孫を探し求めて……お前を見つけた、顕良。俺の心のどこかに巣食っていた疑念を晴らすように、話に聞いた通りの芯の強さとどこか哀しげな陰を帯びた、凜々しく美しい姿で、俺の目の前に現れたんだ」

「私、は……」

まっすぐなまなざしで見つめられ、声が震える。

自分は、そんな風に思われるような人物ではない。『傾国』の呪いに怯え、囚われ続けてきた。ギルスたち獣人を野蛮な獣だと決めつけ、罵倒してきた。

「私は、お前が怠惰で臆病者だと評した、典型的な大倭国国民……むしろ、そうあろうとずっと努力し続けてきた人間だ」

過大評価される心苦しさに、顕良は自虐的《じぎゃくてき》な思いでそう口にする。

「努力し続けてきた、ということは——本当のお前はそうではない、ということだ。……顕良、お前自身、大倭国の考え方に違和感を覚えてきたんじゃないのか？」

しかしギルスに問い質され、顕良はハッとする。

確かに、国の在《あ》り方や制度を疑問に思うことはあった。だが、そういった考えは邪《よこしま》なものであり、そういったことを考えてしまうのは自分の中に『傾国』という悪しき血が流れているせいなのだと、罪悪感を抱いてきたのだ。

「大倭国ではずっと自分の本当の姿を『傾国』などと悪しきものとして否定され、それは厳然たる事実であると信じ込まされてきたはずだ。そんな中で、それでもお前はそんな残酷な運命に屈するまいと懸命に抗っていただろう。そして、俺に圧倒的な力で組み伏せられようとも、その心意気を変えなかったほどの、芯の強さを持っている」

顕良の心のうちを見透かし、それを知った上で言っているのだというように、ギルスは言葉を重ねる。

「呪われた黒獅子の定めを断ち切り、運命を変えることができるのは、きっとそれを当然として受け入れる者ではなく……その恐ろしさを知って、それでもなお、ともに立ち向かってくれる者だ」

「運命を……変える？」

「そうだ。出逢った時に感じた疼くような昂ぶり……そして、黒獅子である俺に臆することなく向かってきた強さと、仲間を想う情の深さを見て、予感が確信に変わった。お前こそが、ずっと心の中で思い描いていた『運命のつがい』だと」

「……ッ」

勝手に決めるな。そう言いたかった。

自分は、そんな過酷な運命を背負えるような器《うつわ》ではない。

そもそも自分がオメガだということすら、いまだに受け入れられていないのに。

けれど――「呪われた運命を変える」

この言葉は、顕良の胸を震わせる。

運命を変えたいとあがいてきたのは、顕良も同じだった。

今までこの男は、雄として資質にも立場にも恵まれて、何一つ不自由などなく生きてきたのだと信じて疑わなかった。

……正直に言えば、『傾国』として蔑まれる性に生まれついた劣等感を持ち続けてきた顕良にとって、そのことが羨ましく、妬《ねた》ましくすらあった。

しかしそれは違うのだと、彼もまた、強すぎる雄という自分の性について苦悩しているのだと知って、戸惑っている。

しかもそれは、自分一人の問題ではなく、愛する人、そして自分の子供にすら及ぶものだという点において、彼は顕良よりも重く深い業《ごう》を背負っている。

呪わしいその運命を嘆くことすら、皆が望む強き黒獅子王としての立場が赦さない。黒獅子であることはあくまで誇らしく素晴らしいことであり、強い雄の象徴なのだから。

「ああ……なんでだろうな。今さらながら、緊張してきた……このことを話したのは、初めてだからかもしれない」

父親の苦悩や弱い部分を話すことすら、彼にとって勇気が要ることなのだろう。

この国の常識に縛られない顕良だからこそ、話せたのかもしれなかった。

「……抵抗しないのか？　勝手なことを言うなと罵らないのか」

顕良の沈黙をどう捉えたのか、ギルスはどこか落ち着かない様子でそう言い募る。

こうやって先んじて懸念を口にするのは――それを告げられることを恐れているからだ。

「……言って欲しいなら、いくらでも言ってやる」

顕良がそう言うと、ギルスは覚悟したかのようにぎゅっと固く口を引き結ぶ。

そんな顔は見たくない。彼には、いつものように自信に満ちあふれた姿でいて欲しいのに。

胸が痛んで、顕良はくしゃりと顔をゆがめると、

「勝手……だとは思う……けれど、お前のその思いを否定することは……私にはできない」

小さな声で、ぽつりと告げる。

今まで想像もしなかった話を聞かされて、様々な考えが渦巻いて処理しきれずにつたない返事しかできない。そんな自分を恥じる顕良に、

「ありがとう……今は、それだけで充分だ」

それでもギルスはそう言ってうれしそうに微笑んだ。

「お前の意思を無視してさらったのは事実だからな。……呪われた自分の運命を知っているのに、俺のものにしたいと願ってしまったのは、俺のエゴでしかない。お前のその初心な身体には過酷すぎて、ますます怖がらせると分かっていて、求めてしまったのも……」

獰猛な欲求を告げられ、触れられて、ピクリと反応する顕良の肩をなだめるように優しく抱く。

「それでも、お前は怯えはしても目を逸らさず、本質を見ようとしてくれる。さらわれた恨みを俺本人にぶつけはしても、決して子供たちにそれを転嫁《てんか》することなく、彼らの気持ちをまっすぐ受け止め、向き合って、慈しんでくれる。――お前は、強い。俺が考えていたよりも、ずっと」

「私、が……？」

驚きと疑問に揺れる顕良に、ギルスは力強くうなずく。

今までの常識を覆す出来事に上手くついていくことができず、戸惑ってばかりだというのに。

彼の目に、顕良のなにが見えているというのだろう。

「怖がってもいい。迷ってもいい。それは、黒獅子王の仔を宿す栄誉だとか、自己犠牲だとかいう綺麗事で逃げずに、困難と恐れをしっかりと直視している証拠だから。黒獅子だからだとか、王だからとか、そんなものに目を曇らせずに、俺自身を見てくれる証拠だから。……だから、お前にどれだけ否定されようとも、やはり俺は……お前しか考えられない。子供たちに向けるはにかんだような笑顔を、欠片でも俺にも向けてくれたらと……願わずにはいられないんだ」

真剣なまなざしで見つめられ、その思いの強さに圧され、顕良は身じろぎすらできなくなる。

自分の存在を否定されるのは、怖い。その恐ろしさを乗り越えて、求めるものに手を伸ばそうとする彼の強さに、圧倒される。

その彼に、自分すら思いもしていなかった強さと可能性を見いだしてもらえたことに、じわりと喜びが胸の底からにじみ出してきて、胸が狂おしく騒いで、心を激しく乱される。

「そのためにどうすればいい？　教えてくれ。顕良……」

乞うように囁かれると苦しくなって、胸が引き絞られるように痛む。顕良自身もそんな己の気持ちを量りかねて、途方に暮れるしかなかった。

5

宴《うたげ》のあくる日、再び雁屋《かりや》との面会が許され、顕良《あきら》は彼と鉄格子ごしに色々と話し合った。

「――なるほどな」

胡散《うさん》くさい男の存在や、ギルスから聞いた彼の祖先と『傾国《けいこく》』の話などを言える範囲で教えると、雁屋は難しい顔をして唸《うな》る。

「あいつらが都合がいいように事実をねじ曲げてる可能性も大いにある。が、それは大倭国《だいわこく》にも同じことが言えるな」

「……お前は、母国を疑うのか？」

雁屋にまでそんなことを言われてしまうと、自分の中に芽生えた疑念が膨《ふく》らんでいってしまいそうで、思わず咎《とが》めるような口調になってしまった。

「大倭国が秘密主義で閉鎖的なのは事実だろ。それにもともと、俺は愛国心だとか滅私奉公《めっしほうこう》の気持ちで軍に入ったわけじゃねえよ。むしろお国の政治には不満だらけだったぜ」

「……だから私が『傾国』の血を引いていると知っても受け入れてくれたのか？」

「ていうか、俺にはお前が男を惑わす魔性の存在、とか全然ピンと来ないんだよ。ちょっと猥談《わいだん》振っただけで真っ赤になって怒るくせに。そもそも魔性、ってのはあの人みたいに――」

「あの人？」

意味ありげな言葉が気になってそう尋《たず》ねると、ハッとした様子で言葉を止める。

「……ああ、いや。そういやお前も美形だし、そっちの気のある野郎には人気あったか。上官の秋沙《あいさ》軍医大監《ぐんいだいげん》が目を光らせてたから、ちょっかい出すヤツはいなかったけどな」

そう言って不敵に笑う雁屋に、タチの悪い冗談は止めろ、と顕良は顔をしかめた。

「……それにしても、皆どうしてるだろうな。無事に任務を果たせたならいいが……」

「さあな。なにしろあの『死神』鶻《はやぶさ》中将絡みの任務だ。表向きは単なる物資輸送ってことだったが、そんな単純な任務で終わらないいんじゃねえかって不安はあったぜ。どうなったことやら……」

顔を曇らせる雁屋に、顕良も押し黙る。

一騎当千《いっきとうせん》の軍神との呼び声高い鶻中将だが、彼直属の精鋭部隊以外の部下の死亡率も高く、いつしか裏で『死神』の異名がつけられるようになっていた。

今回は戦地に出向くわけではなく、あくまで物資の輸送を手伝うだけだから、と皆、懸念を押し殺していたようだが、漠然とした不安を抱いているのは感じていた。

その積み荷の中に秘宝、などというわくありげなものが紛れ込んでいることを知っていた顕良はさらに、その存在を皆に隠し通さなければならない罪悪感、そして重圧と戦わなければならなかったのだ。

「――まあ、ここでごちゃごちゃ考えても仕方ねえさ。とりあえずここから出してくれるってんなら大歓迎だ」

湿った空気を振り払うように、雁屋はそう言ってからりと笑う。

ギルスに「どうすればいい」と問われたあと、悩みに悩んだ末、「自分を信用してくれるというのなら」と雁屋の解放を求めたのだ。

上手いことおねだりできるようになったんだね、と意味深な微笑を浮かべたエリシュに言われ、まるで本当に自分が男を弄《もてあそ》ぶ『傾国』になったようで、自己嫌悪に陥《おちい》った。

理由はどうあれ、ギルスの真剣な気持ちを利用した。その事実が胸に重くのしかかり、息が苦しくなるような罪悪感となって、顕良を苛《さいな》む。

「獣の長は思ったより話せるヤツのようだな。監禁された恨みを忘れるわけじゃないが」

「雁屋……」

「心配するな。もう無駄に暴れたりしねえよ。獣人の力がどれだけ凄まじいか、身をもって知ってるからな」

また無茶をするんじゃないかとはらはらする顕良に、雁屋は苦笑いして肩をすくめる。

「それにお前が俺を牢から出すように頑張って交渉してくれたんだろう？　その気持ちを裏切れないさ」

真剣な顔でそう言いきった雁屋に、顕良はようやく安堵《あんど》して顔をほころばせた。

普通なら部外者は入れない王城だが、顕良の望みで雁屋が牢を出たあとも週に一度、彼との面会が赦《ゆる》されている。

「……やめ、ろ……っ。もうじき雁屋がここに来るんだぞ!?」

今日はその面会日で、客室で雁屋が通されるのを待っているというのに、よりによって執務中に抜けてきたらしいギルスが押しかけて、顕良をソファに押し倒してきたのだ。

「やめて欲しいと言うたびに、何度も待ってやっただろう。もう待てない」

確かに、迫られてはなんとか逃れようとかわし続けることを繰り返してきた。

最近は顕良が強く拒めば、諦めてくれることが増えたからだ。

「今日も駄目なのか?」と切なげに尋ねてきたり、名残惜しそうに髪を撫でたり抱き寄せて頰などにくちづけたりはするものの、それ以上踏み込んではこなかった。

なのに、なにも我慢の限界が今でなくてもいいだろうに。

というか、面会日が近づくごとにギルスは最初の頃のような強硬な態度を見せ、まるで所有権を主張するようにのしかかってくる。

……よからぬ密談をしている、と疑っているのだろうか。

身に覚えがなくはないだけに、込み上げるやましさに顕良は反論の言葉をつむげなくなる。

「また軍服を着るようになったたな。……そんなに元部下の反応が気になるか？」

眉を寄せ、ギルスはきっちりと着込んだ顕良の軍服をなぞりながら苛立《いらだ》ちを含んだ声色で言う。

雁屋に軟弱な姿を見られたくない、というのも確かにある。

しかしそれ以上に、最近感じる自身の身体の変化に怯《おび》え、雄々しさの象徴である軍服を着ることでなんとかこれ以上変わらずにいようとすがる思いがあった。

「包帯まで巻いて……どれだけ着込もうが無駄だというのにな」

顕良の軍服の上着の前を開き、その下に着けている襦袢《じゅばん》もはだけさせると、現れた、胸に巻かれた白い包帯をなぞりながら悪辣《あくらつ》に笑う。

「は、外すな…っ」

最近、ちょっとした動きでも胸の先が擦れ、チリチリと、痛みとも疼《うず》きともつかない奇妙な感覚を覚えるようになっていて、それを防ぐためにさらし代わりの包帯を巻きつけて凌《しの》いでいた。

「少し先が膨《ふく》らんできていないか？　ほら」

包帯を解き、あらわになった胸の先をいじりながら、ギルスが問いかけてくる。

「んん…ッ！　やめ…、お、お前のせいだろう……っ」

これまでほとんど意識もしていなかった胸の先が近頃、この男の言葉通り、存在を主張するかのように乳暈《にゅううん》の周辺からぷくりと膨らんできていた。常に尖るようになった先端は以前よりも大きく、赤みを増している。

こんな風になるなど、考えもしていなかったのに。

それもこれも、この男に執拗《しつよう》にいじられるようになってからだ。

「そうか……俺のせい、か」

うれしそうに呟き、険しかった顔をほころばせると、胸に顔をうずめ、尖りを口に含んできた。

「んぁ…っ、や、やめ……くぅ、ん……っ」

ねっとりと舐め回され、彼の分厚い舌に押しつぶされて形を変えながら濡れて、さらに鮮《あざ》やかに赤く色づき尖っていくさまはなんとも猥《みだ》りがましく、自分のものとは思えないほどの艶《なまめ》かしさに、顕良の瞳が羞恥で潤む。

「ああ……なんて甘い匂いだ。たまらないな」

官能に汗ばんだ胸許に鼻先をすりつけながら囁くギルスの声がかすれ、息が荒くなるのを感じて、顕良は息を呑んだ。

「ッ…、するなら、早く済ませろ…っ」

もうこうなってしまっては、止めることなどできないのはいやというほど思い知っている。

抱かれるたび、植えつけられる快感を糧《かて》にして身体の中でなにかが芽吹き、育つような感覚が、怖かった。

だが今は抵抗を続けて長引かせ、雁屋が来る時間まで引きずってしまうほうが恐ろしい。

「……なぜ俺が、間男《まおとこ》みたいにこそこそする必要がある」

だがその言葉が逆鱗《げきりん》に触れてしまったようで、忌々《いまいま》しげに吐き捨てると、ギルスは顕良の軍服を無理矢理剝《は》ぎ取ろうとする。

「や…、やめ……破ける…ッ」

これを破られたら、替えはない。それにベルトを引きちぎられたりしたら、中に仕込んである抑制剤の存在を知られてしまいかねない。もう残り少ない貴重な抑制剤を失うわけにはいかないと、顕良は彼の手を押さえ、焦《あせ》りに声を上げた。

「お前が早くしろと言ったんだろう」

「……………ッ」

獰猛《どうもう》さをにじませて突きつけられ、顕良の身体から抗《あらが》う力が失せる。

ベルトを外されてズボンと下着を抜き取られ、後孔へと指が突き入れられる。

するともうほとんど抵抗なく指を受け入れ、少し内壁を刺激されただけで、ぬちゃり、と粘りけのあるいやらしい音が聞こえてくるようになった。

「……いや、だ……」

こんなはずではなかった。

自分の身体が生み出す恥ずかしい音に、顕良はたまらず涙を零した。

興奮した様子のギルスが、服を脱ぎ捨ててのしかかってきた。

その肉体を見た瞬間、逞《たくま》しくうねる筋肉から立ち上る雄の狂暴なほどの色香にゾクリと肌が粟《あわ》立《だ》って、喉が渇くような感覚に見舞われる。

初めてその裸体を見た時は、恐れしか感じなかったというのに。

腰を抱え上げられ、後孔に恐ろしいほど昂《たか》ぶった欲望が擦りつけられる。それだけで疼くような感覚が走り、顕良は怯えおののく。

「だ、だめ、だ……入れるな。入れないでくれ……っ」

本当に自分を変質させられてしまいそうな恐怖にもう恥も外聞もなく懇願し、かぶりを振った。

「だったら触ってくれ。ほら、こうやって……」

怯える顕良をなだめるようにやわらかな声で囁いて、ギルスが顕良の手を引き寄せると、己の猛った昂ぶりへと触れさせる。

「あ、ぁ……」

恐ろしいほどの熱を孕《はら》んだ昂ぶりの感触に、顕良はあえぐ。

顕良の手と股の間に挟み込むようにして昂ぶりを擦りつけながら腰を動かされると、後孔のふちだけではなく小さいながらも固くしなった陰茎までもが擦られ、刺激されていって、顕良の唇からは甘い吐息が零れた。

「ひぁ…ッ!?」

与えられる快感に陶然《とうぜん》としていた顕良の後孔へと、突然尻尾が這わされる。その刺激に驚き、目を見開いた。

ふさふさとした毛でくすぐるような刺激を与えられ、ひくついてきた後孔へと尻尾が沈み込んでいく。

「んあぁ…っ！　ひぅ、んん……ッ」

さらに前立腺を擦り上げられて、刺激に飢えた内壁は入り込んできた尻尾を締めつけ、愛液をあふれさせる。

腰の動きもさらに熱を帯び、互いの愛液でしとどに濡れた下腹部は苦しいほどの快感が渦巻《うずま》いて、顕良は切なく身体をよじらせた。

「くうぅ…っ、ひあぁ……んッ!!」

尻尾が牝《めす》の孔《あな》にまでもぐり込んできて、内部を擦り上げた瞬間——目の裏が赤くかすみ、顕良の陰茎からは快感の飛沫が飛び散った。

「潮を噴いたか……そんなに気持ちよかったんだな」

男として決して言われることのない言葉。雌として扱われる屈辱と、しかしそれだけではない、どこか胸の奥が疼くような興奮を感じていた。

顕良をじっと見つめてくるこの男のまなざしが熱っぽく、髪を撫でてくる手が優しいせいだ。

顕良の男としての尊厳を辱《はずかし》めるようなことばかりするくせに。けれど本人にその意図はなく、ただ懸命に欲しがって、求めているのが伝わってくるから、突っ撥《ぱ》ねきれない。

海上でのあの宴の一件から、調子が狂ってしまうことばかりだ。

「……すまない。手荒な真似をした」

ぐったりとした顕良の身体を抱き、ギルスは詫びた。

行為自体には慣れてきて、男根を入れられでもしない限りはもう、気を失ったり動くのがつらい、などということはない。

「別に……いつものことだろう」

恥ずかしさを押し殺し、顕良はぶっきらぼうにそう言うとギルスの腕の中から抜け出し、汚れた肌を拭い、衣服を整え直す。

そんな顕良のそっけない態度を、ギルスはどこか傷ついたような顔をして見つめてくる。

――だから、そんな顔をするなというのに……！

権力を笠《かさ》に着て高圧的な態度でこられたら、いくらでも反発できるのに。

しょげたように垂れた尻尾や耳を見ると、悪戯《いたずら》を叱った時、クレタたちもこんな風になっていたな、などといったことを変に思い出してしまったりして、胸がモヤモヤしてしまってやりづらくて仕方がない。

気まずさに背を向ける顕良に、彼は深いため息をついたあと、部屋をあとにした。


雁屋が部屋を訪れたのは、ギルスが出ていってすぐのことだった。

「ずいぶん日に焼けたな。……仕事は順調なのか？」

直前まで淫らな行為に耽《ふけ》っていた後ろめたさと、残る気配で気づかれないかとヒヤリとしつつも、なんとか平静を装って顕良は向かいのソファに座る雁屋に問うた。

牢から出た雁屋は、船の知識と海上勤務の経験があることから王国が所有する客船の手入れなどを手伝っているという。今、彼が身につけているのも王室客船専用の制服だ。

依然、監視の目はあるとはいえ、健康的な生活を取り戻した雁屋に安堵すると同時に、羨《うらや》ましくも思う自分がいて、複雑な気持ちだった。

「おう。なんせこの国、日差しがきついからなぁ。お前は……少し変わったか？」

雁屋の問いに、ギクリとして動きを止める。

見つめてくる彼のその表情にかすかに困惑と気まずさがにじんでいるように思えるのは、やましさゆえの被害妄想だろうか。

「まあ、違う空気吸って俺も変わったかもな。仕事は単純なもんが多いし、楽勝だぜ。それに思ったよりもこっちに対する差別とかないのな。ガキも人懐っこくてさ、うるせえのなんのって」

だが明るく話題を変えてきた雁屋にホッとして、顕良は緊張に強張っていた肩の力を緩める。

口が悪く気性は荒いが、豪胆でさっぱりとした性格の雁屋は遺恨《いこん》を引きずることなく皆の中に溶け込んでいるようだった。下働きの少年たちの面倒もよく見ているという話に、大勢の弟妹の世話を焼いていた彼らしいな、と心がなごむ。

「下働きとはいえ王宮関係の職場だけあって美味《うま》い料理が好きなだけ食えるし、大倭国と違って色んな品物が手に入るしよ。住めば都、ってやつか？」

そう言って豪快に笑う雁屋に、牢では毒づいてばかりだったのに調子のいいヤツめと苦笑する。

「品物……といえば、例のものは入手できたか？」

声をひそめて問うと、雁屋があぁ、と思い出したように身を乗り出した。

「抑制剤、だっけ？　あれなぁ、結構特殊なもんみたいで、『傾国』……いや、すまん」

口が滑った、と謝る雁屋に、構わない、と首を振った。小さい頃から身についた知識や呼び名をすぐに変えるのが難しいのは、顕良とて身に染みている。

「オメガ本人じゃねえと正規の処方は厳しい、ってんで、一応預かった抑制剤見せて、似たようなもん取り寄せてもらったぜ」

そう言って、雁屋は懐《ふところ》から紙包みを取り出す。

「そうか……ありがとう。手間をかけさせてしまったな、すまない。金は大丈夫だったか？」

渡された紙包みを大事に懐にしまい、顕良は問う。

代金の代わりにと、身につけていた懐中時計を手渡していた。物品が欠乏している大倭国ではかなり貴重なものだったが、豊かなこの国では大した値段にはならなかったかもしれない。

「おう。これだけいい細工の精密な時計は珍しい、ってんで結構な金になったぜ。あ、残りは少し飲みに使っちまったけど、いいよな？　駄賃《だちん》ってことで」

だがそんな懸念を吹き飛ばすようにあっけらかんと言って、へへっ、と笑う雁屋に、まったくしょうがないな、と顕良も表情を緩める。

雁屋といると以前の自分に戻れた気がして、胸に巣食う不安がやわらいでいく。

――まだ、大丈夫だ。まだ……。

胸の中で、噛み締めるようにして呟く。

そのあとも仕事中にあった出来事などの話で互いに盛り上がり、あっという間に時間が過ぎてしまった。

雁屋との面会が終わり、急ぎ足で部屋へと戻ると、顕良は懐に隠していた紙包みを取り出す。

中には、参考に渡していた抑制剤の包みと、油紙に包まれた粉薬が入っていた。それぞれを開き、見比べてみると、同じような灰褐色をしているが、携帯しやすく固められている大倭国支給の抑制剤とは違い、雁屋が取り寄せてくれたものは粉状で、若干色が濁っている気がする。

この薬は普通の抑制剤と違ってキツいから、なるべく発情の周期に合わせてその直前に飲むようにと注意された、というけれど――そもそも発情、というのがなんなのかよく分かっていない顕良には周期など知りようもない。

猥りがましい気持ちになるのがそれだというのなら、それはギルス次第という他ない。

事に及ばれそうな気配を感じたら飲め、ということだろうか。

一度ギルスがその気になってしまえば、ろくに場所を移す余裕も与えてはくれないというのに、そんなに上手くいくだろうか。やはり、適当に飲むしかないのかもしれない。

迷いつつも、試しに一包飲んでみようか、と水差しに手を伸ばした、その時。

ガチャリ、と大きな音を立てて扉が開く。

見られてはまずいと顕良はとっさに紙袋をつかみ、慌てて背後に隠した。

「……今、隠したものを出すんだ」

「な…ッ」

だがギルスは顕良の手をつかみ、強引に薬の包みを取り上げる。そしてその粉を嗅《か》ぎ、一舐めしたとたん、彼は顔を険しくした。

「よりによってこんな粗悪品をつかまされるとは……あの無能め」

ギルスは憎々しげに呟くと、雁屋が取り寄せてくれた薬をまとめてつかみ取り、そのままぐしゃり、と握りつぶすと床へと叩きつけた。

「……ッ」

雁屋に苦労して手に入れてもらった、貴重な抑制剤が。

非難の目を向けるが、それをはね除けるほど威圧的な空気を帯びた彼の気迫に、思わず怯《ひる》む。

「隠し持っている薬の減りが速くなっているのが気になっていたが……まさかあんな無知な男に頼んでまで取り寄せるとはな。お前は、抑制剤の危険性をきちんと教えられていないのか？」

「な、にを言って……」

厳然とした声でそう問い詰められ、顕良は焦りにうわずった声を漏らす。

密《ひそ》かに抑制剤を持ち、服用していることを知っていたというのか。しかも雁屋に相談し、取り寄せてもらったことまで。

二人とも監視がつけられている以上、行動を把握されている可能性は考えていた。だが、そこまではっきりと分かっていて、あえてなにも言わずにいるとは思わなかったのだ。

「お前の持っている抑制剤は、ただ発情を遅らせるといった単純な質のものではなく、オメガの生理的な機能を止め、制御するという、いわば自然の摂理に反する強力なものだ。そもそも抑制剤自体、どうしても発情状態になっては困るという時に飲むものであって、お前のように常用するものじゃない」

床に落ち、開いた包みから零れてしまった粉を未練がましく見つめる顕良の肩をつかみ、ギルスは諭《さと》す。

「それでも、まだお前が持っていたものは質は悪くなかった。飲む者の負担を軽減する成分も処方されていた。なにより、まったく違う環境に置かれ不安を抱えるお前の心が、これを飲むことで少しでも安らぐならば。そう思って、見て見ぬ振りをしていた。だが……これは駄目だ」

床に散らばった粉薬を見下ろしてそう言う彼に、顕良は戸惑う。

そんな顕良に、ギルスはためらいながらも美しい細工が施された箱を差し出してきた。

「……これは……」

恐る恐る箱を受け取り、蓋《ふた》を開けてみる。すると、透明感のある琥珀色《こはくいろ》の粒が入っていた。

「――お前が持っているのと同じような成分のものを、極力まで負担が少なくなるように改良して作らせた抑制剤だ」

告げられたギルスの言葉に、顕良は信じられない思いで目を見開く。

誰よりも顕良のオメガとしての成熟を願っているギルスにとって、抑制剤の服用など、忌々《いまいま》しいだけのもののはずだ。見つかればきっと、すべて取り上げられて、少しでも早く発情期が来るように仕向けられるだろうと思っていたのに。

「いい、のか？」

真意をつかみかねて、顕良が恐る恐る尋ねる。すると、

「いいわけがないだろう……!!」

咆哮《ほうこう》するように叫び、その憤《いきどお》りの波動はビリビリと腹底にまで響き渡り、顕良は硬直した。

「認めたくないだろうが、これほど強い抑制剤を常用するなど異常なことだ。身体の成熟を遅らせることで様々な弊害《へいがい》が起こる危険性が高まり、身体を痛めつける。オメガであるお前自身を殺す、自殺行為だ」

怒りをにじませた眼光でそう突きつけられ、顕良は鋭く息を呑む。

「お前が自分を痛めつけるようなことを繰り返すのは嫌だ……っ。だが……下手に押さえつけて、こんな粗悪品に手を染められるよりはマシだ」

ざりっ、と床にばら撒《ま》いた粉を踏みつけ、握り拳《こぶし》を震わせる。

確かに、彼の言う通り無理矢理抑制剤を取り上げられてしまったら、不信感と不安に苛まれ、ますます意地になって反発し、なんとしてでもまた抑制剤を手に入れようとしただろう。

「俺のせいで抑制剤を飲み続けずにはいられないのだというのなら、俺は……」

図星を指され黙り込む顕良を見つめ、言葉をつむごうとして、ギルスは苦悩にきつく眉を寄せ、言葉を止める。

だが、意を決したように顕良の肩から手を離すと、

「俺はもう、お前に触れない」

ギルスはそう告げた。

突然の宣告に顗良は呆然《ぼうぜん》となり、彼を見上げる。

すると彼は肩を震わせ、苦しげに顔をゆがめると、

「お前は……完全なオメガとなって俺のつがいになるくらいなら、死んだほうがマシだと思っているかもしれない。だが、俺には耐えられない。自分勝手だと言われようが、お前がそんな風に思い詰め、命を絶つようなことになったりしたら……俺は…ッ」

かすれる声を搾《しぼ》り出すようにしてそう告げた。

ギルスの憤りと葛藤《かっとう》の理由を知って、顗良は言葉を失う。

彼はあくまで子供を産ませるため、そして自分の獣欲を満たすために顗良をつがいにしようとしているのだろうと思っていた。

なのに……触れないというのだろうか。

喜ばしいことのはずなのに。それ以上の困惑と動揺が押し寄せて、訳が分からなくなる。

「だから……俺がお前を追い詰めてしまうというのならば、俺はもうお前に触れない。その代わり、できるだけこれは飲まないで欲しい」

ギルスはそう言って顗良の手の中にある箱の蓋を閉めると、背を向けて部屋を立ち去った。

一人取り残され、途方に暮れた顗良は箱を抱えたまま、その後ろ姿を見送ることしかできなかった。

6

「ねえねえ、あきら。またおふねでパーティーがあるってしってる？」

声をかけられて振り向くと、アヌンが憂鬱《ゆううつ》そうな顔で立っていた。

船上での宴の一件以来、彼女は顕良に少しずつ歩み寄るようになり、今では親しく話しかけてくれるようになっていた。

「またあのひとにあったら、やだな……」

イーシャンに絡まれたことを思い出したのか、そう言ってアヌンは顔を曇らせる。

「大丈夫だ、アヌン。皆がいるし、私も一緒に行く。もしまた君にちょっかいを出すようなことがあったら、追い払ってやるさ」

請け負う顕良に、アヌンはくすぐったそうに首をすくめ「うん」とはにかんだ笑みを浮かべる。

けれどふいに重いため息をついたかと思うと、

「わたし……いきたくないよ。みんなはおとなになるために必要なんだっていうけど、べつにわたしおとなになんかなりたくないし」

アヌンは沈んだ声で呟いた。

「そとのせかいをしりなさいっていう、ギルスさまのいうことはわかるの。でも……やっぱりこわくて、わたし……」

ギルスのように強い人間ばかりではない。頭では分かっているつもりでも、どうしても踏ん切りがつかないこともある。特に嫁ぎ先で酷い目に遭《あ》った母親のことが、彼女の中で相当深い心の傷になっているのだろう。アヌンの震える声に、顕良まで胸が痛くなる。

「あきらはいいな。わたしもギルスさまがうんめいのひとだったらよかったのに」

口を尖らせたアヌンにそう言われ、顕良は言葉に詰まる。

触れないと宣言してから、ギルスは顕良に触れるどころかろくに傍《そば》に寄ろうともしない。避けられているのだろうと思う。

周りも二人の微妙な距離を感じているのか、どこかよそよそしくなった気がする。

それでも、子供たちはまだそういった機微《きび》は分からないのか、変わらない態度で接してくれるのが救いだった。

「あきらはおとなにならないためのおくすりをもってるんでしょう？　わたしものみたい！」

「え……」

なぜ、アヌンが抑制剤のことを……。

「おとなにならなかったら、むりにおそとにいかなくたって、ず～っとギルスさまのそばにいられるもん！　ねえ、あきら、おねがい…っ」

当惑する顕良に、アヌンはさらに言い募ってくる。

「ごめんなさい、顕良さん。……アヌンちゃん、私たちの話を聞いてしまったみたいなの」

困り果てる顕良にそう声をかけてきたのは、ギルスの長兄の妃、マルタとクレタの母親だった。

「話、というのは……？」

「その……ギルス陛下は貴方の身体をとても心配していて……でも、自分は近づかないほうがいいから、って私たちに事情を説明されたの」

ギルスの長兄の妃は、そう言って深いため息をつくと、

「……アヌンちゃんに、お薬を飲ませる？　本人が望んでいるのだし、顕良さんがそうしたいのなら、私は止めないわ」

顕良を見つめ、おもむろに意外な提案を口にする。

「おくすりくれるの？」

うれしそうに言って見上げてくる、アヌンのあどけない顔。

――身体の成熟を遅らせることで様々な弊害が起こる危険性が高まり、身体を痛めつける。

オメガであるお前自身を殺す、自殺行為だ。

ギルスの言葉が脳裏によみがえった瞬間、

「……駄目、だ……」

気づくと顕良の口から、拒否の言葉が零れ落ちていた。

目の前で笑顔を見せるアヌンのこの幼い身体を、強い副作用が蝕《むしば》んでいく……そのさまを想像するだけで、ゾクリと背筋が凍りつく。

「えぇーっ」

不満そうに頬を膨らませるアヌンに、胸がズキリと痛む。

自分でも矛盾《むじゅん》していると思う。オメガを否定して、抑制剤を飲み続けた自分が、アヌンには
それをしないで欲しいと思うなんて。

「……ありがとう、顕良さん」

顕良の答えを聞いて、ホッとした様子でギルスの長兄の妃は顔をほころばせる。

「遠い国から連れられてきて、獣人種が身近な存在で風習も違うこの国で色々と大変な思いをしたでしょうね。……でも今、顕良さんがアヌンちゃんに対して思った気持ちを私たちも、そしてギルス陛下も、貴方に対して抱いているの。それはきっと国が違っても、人種が違っても同じものだわ」

母性をにじませたやわらかな声でそう諭されて、顕良は呆然と彼女を見上げる。

この人はきっと、顕良が獣人に対して偏見を持つことを知っていたのだろう。

それなのに、こうして慈悲深く見守ってくれていたことに気づいて、その優しさに熱いものが胸に押し寄せてくる。

「そっか、あきらもちがうくにからきたんだよね……わたしもね、そうだったからわかるよ。なんかいろいろよくわからなくて、さみしいよね……」

そうだ。アヌンはもっとずっと小さな時に、酷い目に遭って母と二人、この国に連れられてきたのだ。その母親もそのあとすぐ亡くなって……どれほど寂しく心細い思いをしてきたのだろう。

自分だけが苦難に立たされ、運命に翻弄《ほんろう》されているように思っていた己が恥ずかしかった。

そして……オメガという存在を否定することは、目の前にいる二人のことも否定することになるということに、今ようやく気づいた。

申し訳なさと情けなさに、顕良はただうなだれる。

そんな顕良の頭を、アヌンがそっと撫でてくれた。

「ごめん……アヌン、ごめん……」

小さくやわらかなその手のひらの感触に熱いものが込み上げてきて、けれどせめてこれ以上無《ぶ》様《ざま》なところを見せてはいけないと、涙が零れてしまわないように顕良は必死に歯を食いしばってこらえた。


最近、ぼんやりすることが増えてきた。

自分がどうありたいのか、これからどうしていくべきなのか。自分を見つめ直し、色々と考えなければいけないと思うのに。それすら上手くできない自分がもどかしかった。

頭を冷やそうと後宮の回廊をあてもなく歩いていたが、途中でかすかに話し声が聞こえてきて、顕良は足を止めた。

「……大丈夫？」

「……ああ……」

声のするほうを窺《うかが》うと、けだるそうに壁面に寄りかかるギルスの顔を、眉を寄せたエリシュが覗《のぞ》き込んでいる光景が目に飛び込んできた。

数日ぶりに見たギルスの姿に、顕良の胸がざわめく。

胸が苦しくて、なにかむずむずするような……それは経験したことのない、奇妙な感覚だった。

今の彼は人型ではあったが、獰猛な気配をにじませ、獣の本能を無理矢理抑えつけてかろうじて人の形を保っている、といった危うさを感じさせた。

「そんなにつらいなら……僕が相手、しようか？」

エリシュは艶やかに微笑んで、ギルスの胸を撫でる。いつにもまして雄々しく雄の色香を発するギルスの横にいると、エリシュの匂い立つような妖艶《ようえん》さが際立つ。

その光景に、顕良の胸のざわめきは大きくなり、心臓がドクドクと激しく脈打つ。

「冗談…でも、そういうことを言うな……兵士たちの間でも、噂になっているぞ」

「……発情したら、誰とでも寝る淫乱だって？」

自嘲《じちょう》するエリシュに、ギルスは痛ましそうに眉をひそめ、静かに首を振った。

「父がいない今、縛るつもりも咎めるつもりもない。だが……自分を痛めつけ傷つけるようなことはするな」

「相変わらずお優しいことで……」

うんざりしたように吐き出すその横顔は、どこか傷ついたように物憂《ものう》げな色を帯びていた。

「だったらせめて、今まで通りオメガ以外の女を抱けよ。それなら孕《はら》ませる心配もない。発情期が近いんだろ？　我慢し続けてたら負荷が大きくなりすぎるぞ」

「……別に、病気じゃないんだ。期間が過ぎれば楽になる」

「あの、気位ばっか高いオメガ未満に操《みさお》立ててるってわけ？」

エリシュは呆《あき》れた、といわんばかりに片眉を上げて問い質《ただ》す。

「抑制剤漬けで身体ボロボロになって、もうとっくに子供なんて産めない身体になってるんじゃないのか。あんなお子さまに付き合って、お前まで身体を痛めつけることは――」

「それ以上言うな……！」

言い募るエリシュをさえぎるように胸ぐらをつかみ上げ、ギルスが恫喝《どうかつ》する。

その迫力に顔を青ざめさせて強張るエリシュを見て、ギルスがハッとした様子で手を離す。

「……すまない」

ギルスは苦いものを飲み込んだように顔をゆがめ、謝罪した。

「あんたが俺を心配して言ってくれているのは分かっている。だが、顕良を悪く言うのは止めてくれ。あいつは巻き込まれただけで、なんの非もないんだ」

言い募るギルスに、エリシュはグッと奥歯を噛み締めるように顔をしかめ、黙り込んだ。

「すまないが、しばらくあまり傍に寄らないでくれ。オメガの匂いは、今の俺にはつらい」

「……分かったよ」

やるせないため息をついて、エリシュはギルスに背を向け、回廊の向こうへと歩いていった。

いつも飄々《ひょうひょう》としているエリシュの、憎しみすら感じる辛辣《しんらつ》な言葉が胸に突き刺さる。

だが、エリシュが憤るのも当然だ。

無知で、反発ばかりして……今もギルスをそこまで追い詰めていたなど知らずにいたのだから。

――なのに……なぜあいつは、私などに……。

ギルスがこちらに向かって歩いてくるのが見えて、顕良はハッとして物思いから覚める。

焦りつつもなんとか物音を立てないよう、急いでその場を立ち去った。

「――あきら！」

鈴が転がるような呼び声に、ぼんやりとしていた意識が引き戻される。

「いっしょにいてくれるっていったじゃないっ。はなれちゃダメ！」

アヌンに手を引かれ、顕良は苦笑しながら「ごめん」と謝る。

なんだか頭が重く、気を抜くとすぐに意識がぼやけてしまう。

もしかしたら風邪かもしれない。こう見えて軍隊で鍛《きた》えた身体は頑健だと自負していたのだが、急激な環境の変化の連続に、さすがにまいってしまったのだろうか。

「なんだよ、あきらにべったりひっついて。さいしょはきらい！　とかいってたくせによ」

不機嫌そうなクレタに、そういえばこのところアヌンにかかりきりの上に不調が続いていて、他の子たちをあまり構えていなかったな、と申し訳なく思う。

「うー…」

「アヌン。気にしてないよ、大丈夫」

クレタの言葉にしょげるアヌンの頭を撫でると、彼女はほっとしたように顔をほころばせる。

アヌンははじめの頃の頑《かたく》なな態度が嘘のように、顕良に懐くようになった。

同じような寂しさを経験した、という共通点が二人の距離を縮めたのかもしれない。

今宵《こよい》、また王室所有の客船で宴が開かれる。

今日はさすがに軍服、というわけにはいかないので民族衣装を着て、さらにアヌンにねだられ、お揃いの腕輪や首飾りなどの装飾具をつけている。

「……あきらぁ、なんかいい匂いするぅ……」

マルタがぎゅっと腰に抱きついて鼻先をすりすりと擦りつけてきた。

「ん？　特になにもつけていないんだが……」

マルタはもともと甘えっ子なのだが、今日は輪をかけてひっつきたがる。

今回は母親が神殿での奉仕があって遅れてくるから心細いのだろうか。

「はいはい。おしゃべりはそれくらいにして。そろそろ行くよ」

エリシュに注意され、顕良は急いで気を引き締める。

ギルスや王兄たちも各国の王族との会議があり、遅れて合流するらしい。それまでの間、ギルスに代わって宴を取り仕切るエリシュの補佐をするように言われている。

――あの、気位ばっか高いオメガ未満に……。

エリシュの本音を思い出して、顕良の胸は重く塞がる。

確かに、顕良のギルスに対する不遜《ふそん》とも言える態度は、身内として、そしてギルスをこの国の王として崇《あが》める者として、腹立たしいものだろうと思う。

けれどずっと否定し続けてきたオメガという性を、今さらどうやって受け入れればいいのか。その方法が分からないのだ。まるで出口のない迷路をさまよっているような不安に、眠れない夜が続いている。頭がぼんやりするのは、そのせいもあるのかもしれない。

せめて今、目の前のできることをするしかないと、迷いを引きずりつつも、エリシュに続き、アヌンたちを引率しながら甲板《かんぱん》へと降り立つ。

賓客《ひんきゃく》たちの前に立つとなぜか、頭がますますぼんやりしてくる。体調が悪いせいで人混みに酔ってしまったのだろうか、などと考えつつ、とにかく失礼のないようにと応対していると、

「お……顕良、か？」

知った声に名を呼ばれ、顕良は振り返る。

「ん、ああ……雁屋」

すると、この王室客船の制服に身を包んだ雁屋が立っていた。

この船で下働きとして勤める彼も雑用係として甲板に上がってきたらしい。

自分もいっそ、同じように雑役《ざつえき》としてでもここで雇ってもらえればまた一緒に船に乗れるのにな、とそのさまを想像して笑みを浮かべると、

「おい……お前、大丈夫かよ。なんか変、だぞ」

雁屋は戸惑ったような、うろたえたような顔で、顕良をじっと見つめてくる。

「格好もだが、雰囲気が……いつもと違う、っていうか」

「………ッ！」

その言葉に改めて自分の姿を思い出してハッとする。

そうだ。なぜ、忘れていたのだろう。

奇異《きい》なものを見るような雁屋の目にさらされたとたん、大倭国での感覚がよみがえり、平然と女物の衣装を身につけ、着飾った姿の自分の異常さに気づかされ、あまりの羞恥に顔が燃えるように火照《ほて》る。

居たたまれなさに、混乱したままとにかく雁屋の視線から逃れようと、顕良は駆け出した。

走って甲板を少し降りた階段の陰へと逃げ込み、乱れた息を整えようと深呼吸する。

「あ…、アヌン」

人混みから抜け、少しだけすっきりした頭に浮かんだのは、少女のことだった。

一緒にいると約束したのに。

そのことも忘れ、自分のやるべきことを放り投げて逃げ出してしまったことに、自己嫌悪する。

本当に、今の自分はめちゃくちゃだ。

なにをしたいのか、どうすればいいのか。頭の中がぐちゃぐちゃで、ろくに整理できない。

雁屋にこんな姿を見られるのは嫌だ。でも、このまま放っておいて、もしまたアヌンが変な男に絡まれでもしたら。そう思うと、いてもたってもいられなくなる。

気まずさと羞恥を振り切って、彼らの下へと戻ろうと階段を見上げると、獣人たちが数人連れだって降りてくるのが見えて動きを止める。

その中に一人だけ獣人ではない男がいるのが見えて、顕良は顔をしかめる。それは、アヌンに執拗に絡んできたイーシャンだった。

「……こんなところに、なにかご用ですか」

「そんなに身構えないでください。貴方が突然いなくなったので、心配になって探したのですよ」

警戒しつつ問う顕良に、イーシャンはにっこりと微笑《わら》ってそう返した。

なにやら優しげなことを言っているが、なにかと揉め事を起こそうとするこの男のことだ、なにか意図があって近づいてきたのだろう。

でも、アヌンたちが目をつけられたのではなくてよかった、と顕良は胸を撫で下ろす。

「しかし……本当にどうなさったのですか？　そんな姿で皆の前に立つとは」

「……こんな姿、とは？」

イーシャンの問いかけに、顕良は眉をひそめる。

確かに大倭国にいた時では考えられない姿をしているが、目の前にいる彼らにとっては特に変わったものでもないだろう。そもそも、以前にも似たような姿で会っているというのに。

「いいではありませんか。もともとギルス王に反発していたという豪気なオメガ殿だ。性に奔放《ほんぽう》なのは悪いことではない。前王の妃のようにね」

「なにを……言っているのです」

イーシャンの連れらしい狼の獣人に不穏な言葉がかけられる。その意味は理解できないものの、じりじりと近づいてくる男たちに嫌な気配を感じ取り、顕良の背にじわりと冷たいものが走った。

「落ち着いてください、皆さん。この方は仮にもギルス王のお気に入りですよ」

「だがまだ子を孕んだわけではないのだろう？　そもそも横取りしたのはギルス王のほうだぞ。取引はすでに成立していたというのに、忌々しい」

イーシャンの制止にも、興奮した様子の獣人たちはまったく取り合おうとする気配がない。

「こんなにも男を誘う淫らな匂いをさせて、我らアルファの前をふらふらしているんだ……発情した身体を持て余して、男をくわえ込みたくて仕方ないんだろう」

「な…ッ」

虎の獣人から浴びせられた侮蔑《ぶべつ》的な台詞《せりふ》に、顕良は眉を吊り上げて睨《にら》みつける。

だが腕を取られ、身体を壁に押しつけられてしまうと、その圧倒的な力に身動きが取れなくなる。

「いいねぇ……やはり獲物はこれくらい生きがいいほうがいい」

おかしい。

明らかに男たちはどこかネジが緩んだように目が澱《よど》み、普通ではない雰囲気を漂わせていた。

それだけではない。獣人である彼らの力が半端なく強いのは分かるが、それを抜きにしても、今の自分はあまりに無力だった。

身体に力が入らないのだ。鉛《なまり》のように重く反応が鈍くなっていて、抗うことも満足にできない。

なのに、やたらと触られたところばかり敏感になり、ゾクゾクと毛が逆立つような奇妙な感覚に襲われていた。

「これはまた……近くで嗅ぐと強烈だな」

顕良の首筋に鼻を擦りつけながら長い裾を大きくたくし上げ、太腿をいやらしく撫でてくる。

「……やめ、ろ……」

さらに四方から他の獣人たちの手が伸びてきて、身体をまさぐられる。

こんなヤツらにいいようにされ、なのに抵抗することすらできない自分の身体に、吐き気がするほどの怒りと情けなさを覚えた。

複数人に取り囲まれて嬲《なぶ》り者にされる恐怖と悔しさに、にじんだ涙で目の前がかすんでいく。

いっそ気を失ってしまえたら、と思った時。

「へいか！　こっちだよ！」

「はやく…っ、ギルスさまっ」

少年と少女の声が顕良の耳に届き、薄れかけていた意識が引き戻された。

「――……ッ！」

呼ばれた名前に、その場にいる全員が一斉に振り向く。

すると階段を降りてきたギルスの姿が目に飛び込んできて、空気が凍りつく。

複数の獣人たちに取り囲まれている顕良を見つけ、獰猛な怒りの気配を放つとともにギルスの髪がざわり、と蠢《うごめ》いたかと思うと、それはたてがみへと変わって、人型から獣人へと変化した。

「これはどういうことなのか……教えてもらおうか」

ビリビリと空気を震わせるほどの怒気を孕み、ギルスが問う。

「こ、このオメガが発情して、周囲のアルファを挑発して回ったんだ！　見ろ、この紅潮してとろけた顔を――」

言い繕おうとする獣人の言葉を、ギルスの拳が鋭く壁を打つ音がさえぎる。

拳がめり込んだ瞬間、堅牢《けんろう》なはずの鋼鈑で作られた壁は、まるで破裂音のような激しい音とともにもろく大穴を空けた。

「――つまり、貴様《きさま》らは俺のつがいを奪おうとした、ということだな？」

破壊した壁から拳をゆっくりと引き抜くと、たてがみを逆立たせ、ギルスがその双眸に狂暴な光を宿し、獣人たちを捉える。

「ならば掟《おきて》に則《のっと》って、俺と戦え。黒獅子の力を見せてやる」

気迫のこもった地を這うような唸りに、顕良を取り囲んでいた獣人たちは打たれたように飛び退き、恐怖に顔を引きつらせる。

拘束がなくなって、力の抜けた顕良の身体は壁沿いにゆっくりと崩れ落ちた。

——なん、だ……この感覚は……っ。

ギルスの発する気高いほどの雄々しき波動を間近に浴び、恐れとはまた別の、高揚《こうよう》とも切なさともいえぬ感情が押し寄せてきて、まるで心臓が壊れそうなほどにバクバクと脈打ち、苦しさに胸を喘がせる。

「まあまあ、ここはなにとぞ穏便に。私はお止めしたのですが……いやはや、皆さんオメガ様の魅力には抗えないものなのですねえ」

「貴様…、よくもぬけぬけと…ッ」

割って入り取りなすイーシャンに、ギルスはカッと目を剝き、詰め寄る。

「まって、ギルスさまっ。あきら、くるしそう」

「あきら、びょうきなの?」

だがついてきたらしいアヌンとマルタが泣きそうな顔で訴えてきて、ギルスは動きを止める。

「そうそう。私たちに構うよりも愛しいオメガ様を早く楽にして差し上げては? 貴方がたアルファにしかできないことでしょう」

のうのうと言い張るイーシャンをギルスは憎々しげに睨みつけつつも、壁に寄りかかってうずくまる顕良へと近づき、その震える身体を抱き上げた。

「あ……っ」

その逞《たくま》しい腕に抱かれた瞬間、じゅわっ、と身体の奥からなにかがあふれ出すのを感じて、顕良はうろたえる。

「すまない……しばらく辛抱してくれ」

いたわる彼の声が鼓膜をくすぐるだけで、ゾクゾクとした痺れが走り、身体が震える。

おかしい。自分の身体は一体、どうなってしまったのか。

発熱したかのように身体が火照って力が出ないのに、その奥でなにか別の種類の狂暴な力が膨らみ続け、出口を求めて狂おしいほどに渦巻《うずま》いている。そんな訳の分からない感覚に取り憑《つ》かれ、不安と怯えに苛まれて泣きそうだ。

自分の身体の変化に混乱し、苦しいほど高まった熱に喘ぐ間に、ギルスに連れられるまま船の奥にある貴賓室へと辿《たど》り着いた。

「抑制剤を飲んでいたのにどうしてこんな……もしかして、身体に合わなかったのか？」

ギルスもまた、困惑した様子で眉を寄せ、顕良の顔を覗き込む。

募る熱に胸を喘がせ、苦しさに息を乱す顕良の髪を撫でると、

「すまない……だが、決してわざとではないんだ。信じてくれ」

真剣なまなざしで詫び、腕の中に抱えていた身体をそっと寝台へと降ろした。

「とりあえず侍医を呼んでくる。苦しいだろうが少し待っていて――」

「……どうした？」

そう言って離れようとするギルスの腕を、顕良はとっさにつかむ。

「……のんで、ない……」

困惑の表情を浮かべる彼に、顕良はぽつりと零した。

意味をつかみかねたのか、眉をひそめるギルスにもどかしさが募り、ろくに力の入らない手で、それでも懸命に彼の腕を引っ張りながら、顕良は訴える。

「抑制剤、あれからずっと飲んでない…っ」

「なぜ……」

理解できない、という様子の彼に、カッと頭に血が上る。

「お…前が、言ったんだろう、飲むな、って……！」

ギルスが飲むなと言ったくせに。……そのせいで、自分に一切触れもしなくなったくせに。

悔しさと哀しさがないまぜになって、顕良の心をぐちゃぐちゃに掻き乱していく。

「確かに言ったが……しかしこんなになるまで……」

紅潮し、潤んだ瞳で叫ぶ顕良に、戸惑いを隠せない様子で呟く。

触れられるだけで、肌がちりりと粟立ち、その視線だけで炙《あぶ》られたように胸が熱く火照る。

その切なさを訴えようと、顕良はギルスに身を寄せた。

「……ッ、とにかく、鎮静剤かなにかをもらってこよう」

「や……いや…だ……」

強引に身体を起こし離れようとするギルスに抱きついて、顕良は首を振る。

彼の体温が失われていくのが苦しくてたまらなくて。顕良は力の出ない身体を引きずるようにして、必死にギルスにしがみついた。

「不安なら、エリシュか誰かオメガのものについていてもらうように頼んでくる……だから頼む、離してくれ…ッ」

切羽詰《せっぱつ》まった声で唸り、ギルスは懇願する。

「──俺も余裕がないんだ…っ。このままでは、お前を壊してしまう……！」

あふれ出しそうな獰猛な本能を懸命に押し殺しているのが分かる、低く唸る声。

彼のその凶暴な雄の欲望に、顕良の身体はゾクゾクと痺れ、悦《よろこ》びめいた感情を覚えてしまう。

「……壊して、くれ……」

顕良の唇から零れた言葉に、ギルスは驚愕に目を大きく見開く。

この、訳が分からないまま暴走する自分の身体も、オメガである自分を受け入れることも拒むこともできずに行き場を失い途方に暮れた心も、渦巻く不安や怯えも。

自分ではどうしようもない現状を、壊して欲しかった。他でもない、彼の手で。

他の獣人に囲まれた時、その雄の気配に身体が縫い止められたように動けなくなり、むせ返るような匂いに頭が重く痺れ、このまま身を委《ゆだ》ねれば、このどうしようもない身体の疼きを鎮《しず》められる……そんな予感が脳裏によぎった。

それでも決してその欲望に屈することがなかったのは、自分の意思が強かったからではない。

こいつらでは嫌だ。匂いが、張り詰めた筋肉の感触が、滑らかな獣毛が、そのすべてが、自分が求めているものとは違うのだと、身体が叫んでいた。

ようやく分かった。

この身体を明け渡し、自分のすべてを委ね……そしてその全部を欲しいと想う相手。

それは、誰よりも気高い雄々しさを帯び、深い哀しみと孤独を抱えながらも、情け深い情愛を持つ黒獅子――ギルスしかいないのだと。

ギルス以外の、他の者では駄目なのだ。

――我ら獣人種は、発情した状態で身体から……特にうなじから発する匂いに惹かれ合い、自分のつがいとなるべき相手、『運命のつがい』を見つける。

あの時は、知らなかった。理解しようとも思わなかった。けれど。

――ずっと感じていた、お前のこの、嗅いでいるだけで胸が昂ぶり疼くような匂い……まだかすかだが、俺はこれこそが『運命のつがい』の印なのだと確信している。

ギルスと出逢った時から感じていた、あの胸の昂ぶりが、疼くように身体の奥が熱くなったあの感覚こそが、ギルスの言う『運命のつがい』の印なのではないのか。

それをどうしても確かめたい。この想いが錯覚や間違いではないとこの身をもって感じたかった。

「顕…良……」

ごくり、とギルスの喉が鳴る。

緊張した面持ちで、ゆっくりと彼の顔が近づいてきて……顕良の胸が、狂おしく高鳴る。

そして唇と唇が触れ合った、その瞬間、痺れるような快感が走り、くらりと目が眩《くら》んだ。

思わず目の前の身体にすがりつくと、一瞬、ギルスの動きが止まった。だが、

「……ぁ…ッ」

次の瞬間には、その強靭《きょうじん》な腕で顕良の身体をきつく抱き上げ、拘束する。

「……っ！　ふ…ぁ…、う…ん…ッ」

熱い唇と舌で口腔《こうこう》を掻き混ぜられる感覚に、理性がぐずぐずと溶け落ちそうで。彼によってその先のさらなる愉悦《ゆえつ》を覚え込まされた身体は、与えられた刺激に期待を募らせ、浅ましく反応してしまう。

引き寄せられた腰が擦れ合って、互いの昂ぶった性器が擦れ合う刺激に膝ががくがくと震え、身体から力が抜けそうになる。

ギルスは触れられぬ場所があることが赦せないとでもいうように、後頭部を支える片腕でもどかしげに顕良の髪を掻き混ぜ、限界まで奥深く舌を差し込み、口腔を蹂躙《じゅうりん》してくる。

唇を深く重ね合わせ、舌と舌を激しく絡ませ合えば、脳裏にこびりついていた最後の迷いと罪悪感も吹き飛び、目の前のこの男のことしか考えられなくなる。

「あ、ぁ……」

くちづけが解かれ、顕良の唇から濡れた吐息が漏れる。

もどかしげに荒々しい手つきで己の服を脱ぎ、逞しい裸体をさらすギルスを見た瞬間、顕良は急速に喉が渇くような飢えを感じて、胸を喘がせた。

顕良の服も脱がそうとするが、気が急《せ》いているせいでピタリと身体の線に沿った衣装はままならないようで、強引に剝ぎ取ろうと力を込めたとたん、大きな音が響き渡る。

「ッ、すまない……力の加減が……」

獰猛な衝動に力を抑えきれないのか、彼の強靭な指先は留め金を弾き飛ばし、衣装を引き裂いてしまったのだ。

「いい、から……早く……っ」

顕良を傷つけまいと必死に己の獣欲を制御しようとする彼の理性すら、うとましかった。

もっと、獰猛な彼の欲望をこの身にぶつけて欲しい。

本能のままに、じくじくと疼く粘膜を貪って、身体の奥に募るばかりの熱を鎮めて欲しかった。

顕良はギルスの首を胸許へ引き寄せて、破けた布から覗く胸の先を突き出し、淫らに誘う。

この疼く胸の先を早くその指で転がして、その分厚い舌で吸って欲しい。

乱暴なくらいで構わない。

普段の顕良ではありえない媚態《びたい》に、ギルスは信じられないというような表情で息を詰めたかと思うと、顕良の胸に顔をうずめ、胸の先にむしゃぶりついてきた。

「んあぁああ……ッ」

鋭敏になっている粘膜に望む愛撫を与えられ、走り抜ける鮮烈な快感に、顕良は背をのけぞらせて喘いだ。

胸を激しくこねられ、吸われながら、さらなる愛撫を欲しがって顕良は彼の頭を抱き締め、その長いたてがみをまさぐる。

凶暴に猛ったギルスの昂ぶりが太腿に当たるのを感じて、顕良はゾクリと背を震わせた。

もっと彼の欲望を感じたくて、太腿を動かしてその昂ぶりを刺激し、育てていく。

「……ッ、顕良……顕良……っ」

興奮にうわずった声で名前を呼び、ギルスは裾を乱暴に引き裂いて、破れた布の隙間から手を差し込み、双丘の狭間へと指を這わせる。

もうすでに後孔はあふれ出した愛液でしとどに濡れていて、触れてくる指を飲み込もうとひくひくと痙攣《けいれん》していた。

「んぁ…っ、そこ……もっと、きて……っ」

指を後孔の中へと突き入れられて、顕良は腰を妖《あや》しく揺らめかせ、よがる。

前立腺に触れられた瞬間、走った鮮やかな快感に身体はビクビクと痙攣し、ひっきりなしに喘ぐ唇からは飲み込みきれなくなった唾液が零れ落ちる。

「……こんな、火照ったしどけない無防備な姿をあいつらにも見せたのか？　俺が来なかったらどうするつもりだった…っ」

顕良が獣人たちに襲われていた光景を思い出したのか、ギリリと牙を鳴らしギルスは咆哮した。

「あ、ぁ……」

もしも彼が来なかったらきっと自分は、あの獣人たちに無理矢理身体を暴かれ、ろくな抵抗もできないまま貪られていた。

そのおぞましい光景を想像して、ぶるりと肩が震え、瞳に涙がにじむ。

「そうやって誘って、あいつらに鎮めてもらうつもりだったのか」

ギラリと獰猛な光を宿して顕良を見下ろし、前立腺にひそむ牝の穴へと指を沈み込ませていく。

「ぁ…っ、ち、違ぅ……そんな……んぁぁ…っ」

否定したくとも、疼いて仕方がないその粘膜を刺激されてしまえば、抗いの声すら甘くとろけてしまい、なんの説得力もなくしてしまう。

「こんな……雄を誘うフェロモンをだだ漏れにした状態で、のこのこ男たちの前に出ればどんな目に遭うか知りもしないで……あいつらにもこんな、淫らな姿をさらしたのか」

「ッ……すま、ない……あぁ……赦して、赦してくれ……」

自分の牝としての性を否定するあまり、無防備になっていた。

けれどこんなにも自分の欲望をはっきりと知ってしまった今、否定することなどもう、できなくて……顕良は瞳を潤ませ、彼へとすがりついた。

「――二度と俺以外の雄を誘ったりしないように、この身体に俺を刻みつけて、仕置きしてやる」

独占欲を剥き出しにするギルスの、獣欲をあらわにしたその姿に、ぞくりとほの昏《ぐら》い愉悦が顕良の胸の奥底に生まれ、身体を蝕んでゆく。

「して……仕置きして、くれ……私の、この淫らな身体を、いっぱい罰して……」

自分でもままならないこの身体を、募り続ける淫らな衝動を、罰して、責め苛んで欲しかった。壊れるほどに、強く。

激しく燃え盛る本能に比例するかのように、これまでとは比べ物にならないほどに強く漂う魅惑的な彼の雄の匂いに、陶然となりながら顕良は懇願した。

「ひぁっ、くぅう……んんッ」

するとずぶずぶと牝の穴を容赦なく擦り立てられて、身体の芯を走り抜けた鮮烈な愉悦に胸を喘がせる。

むず痒いような、ひりつくような。じゅくじゅくと疼き、たまらなく切ない内部をもっと激しく掻き回して、めちゃくちゃにして欲しい。

「——顕良……お前を俺の、俺だけのものに……」

ギルスの唸り声とともにうなじへとくちづけられ、肌に牙が食い込んでくる感触に、顕良はおののき、息を詰める。

——我ら獣人種は、発情した状態で身体から……特にうなじから発する匂いに惹かれ合い、自分のつがいとなるべき相手、『運命のつがい』を見つける。その時、俺のようなアルファがオメガのうなじを噛めば、その痕はずっと消えることなく婚姻印としてその身体に刻まれ、相手からもう一生、離れることはできなくなる。

ギルスの言葉を思い出して、顕良は背を震わせる。

その牙を受け入れてしまえばもう、後戻りはできない。

決定的に、自分と、ギルスとの関係が変化してしまう。それがたまらなく恐ろしかった。

それでも……どうしようもなく、身体が、そして心が、彼が欲しいと叫んでいる。

自分が変わってしまう恐怖を、遙かに上回る渇望に、顕良は震える息を吐いて、うなじを差し出して、彼へと身体を委ねた。

すると、これ以上なく滾《たぎ》った昂ぶりが顕良の後孔に擦りつけられる。

その凶悪なほどの質量と形状に、快感にかすむ顕良の頭の中に、一瞬、恐れがよぎった。

それでも空虚な内部をうめるものが欲しくて、こもるばかりで解放できない熱を、自分ではどうすることもできない心の枷を壊して欲しくて、顕良は頭をかすめる罪悪感の残滓《ざんし》に震えながらも、求められるままに脚を広げる。

「顕良……ッ」

そんな自分の浅ましさを恥じ震えながらも誘うように腰を浮かせて待つ顕良の媚態に、ギルスは獰猛な唸り声を上げてブルリと身体を振ると、性急にのしかかり、昂ぶりを中へと突き入れていく。

「くぅ、ん…、あぁ……ッ」

後孔へと入り込み、前立腺ごと牝の穴の入り口をギルスのもので擦られ、身体の奥がじわじわと開いていく感覚におののく。

「俺のものだ。顕良、お前は俺だけの……」

唸るような声でそう告げると、抑えきれなくなったようにギルスは顕良の首筋を噛み、牝穴へと己の昂ぶりを沈み込ませていく。

「ひ、ぁ…ッ！　くうぅ……っ」

瞬間、電流が走り抜けるような衝撃が身体を貫いて、顕良は背をしならせた。

膣内はすでに濡れそぼって迎え入れる準備をしているとはいえ、初めて圧倒的な質量をもった熱塊《ねっかい》に内部を圧迫される苦しさに、顕良は息を弾ませ、きつく彼の腕を握り締めて耐える。

「すま、ない……お前は初めてなのに……顕良の中……こんなにすごい、なんて……気持ちよすぎて、馬鹿になりそうだ……ッ」

顕良の苦悶《くもん》の顔に理性を取り戻したのか。自分を責めながらも、荒れ狂う本能を止めることができず、激しく突き上げ、顕良の内部を貪り続け、ギルスが唸る。

「ひん…っ、くぅ……んんっ」

獰猛な本能と理性の狭間でゆがむギルスの顔に、じわりと顕良の身体に愉悦が広がっていく。

もっと、おかしくなってしまえばいい。

自分はもう、とうにおかしくなっているのだから。

ギルスが、この身体に興奮して、欲しがって乱れるさまを見るだけで、身体の芯が疼くように昂ぶり、切ないほどに彼を求めている。

すでに苦痛は薄れ、顕良の身体を支配するのは燃えるような情欲と、この逞しい雄を自分のものにしたいという衝動だった。

むしろいまだに残っているらしい彼の理性が憎らしかった。もっと自分の身体に溺《おぼ》れて、それ以外のことが考えられなくなってしまえばいいのにとすら思う。

「んあぁ…っ!!　ひぁ…んっ、くうぅ……んんッ！」

むず痒さを伴って疼く内壁を、ギルスの昂ぶりのその太い幹についた特有の突起で引っかかれ

るようにして刺激され、腫《は》れぼったく熟《う》れた襞《ひだ》をえぐられて、全身を貫く気を失いそうなほどの快感に身も世もなく身悶《みもだ》え、首を打ち振るった。

圧迫されるつらさと違和感はあるけれど、それすら徐々に甘い愉悦へと変化していって、顕良をとろけさせ、内部を侵食していく。

「あぁあ——…ッ！」

途方もない悦楽の波に呑まれ、翻弄されるがままにギルスに与えられるすべてを受け入れて顕良はビクビクと身体を震わせながら達し、陰茎から白濁を放った。

「顕良…、顕良……ッ」

感極まったように名を繰り返しながら腰を抱き締めて、ギルスは顕良の最奥《さいおう》へと子種を注ぎ込んでいく。

「顕良……愛している。愛しているんだ……どうしようもないくらいに」

耳許に吹き込まれる、苦しげな切ない声。それが顕良の胸に落ち、凍りついた壁を穿《うが》ち、溶かし、奥底へと染み込んでいく。

「……あ、ぁ……」

顕良の中がドクドクと大量の精液で満たされ、それでもいまだに少しも固さを失わないギルスの昂ぶりに掻き出されて泡立ち、あふれ出して寝台に淫らな染みを作り、それは広がっていった。

二人とも自分たちを縛る理性を振り払い、本能のままにただ互いを求め、貪り合う。

淫らな熱に満ちた互いの渇望をぶつけ合う夜は、長く続いていった——

自分が発情期と呼ばれる状態になっていると知らされたのは、一晩中ギルスと性交し続けた翌日のことだ。

発情期が始まるとこの状態が一週間ほど続くらしく、その間、性欲が異常に高まり、妊娠する確率が格段に高くなるのだという。

つまり、本能のまま肌を重ねれば重ねるほど、子を孕む可能性が高まるということで……。

自分は、なんということを……。

一度欲求が満たされたことで冷静に考える余裕ができ、今さらながら自分のしたことを思い出して、顕良は自己嫌悪に苛まれた。

――いいですか、天神《あまがみ》顕良。『傾国《けいこく》』は快楽に弱い。本能的に強い雄を求め、ひとたび暴走すれば倫理も道徳も通用しない、神の加護を失った獣に堕《お》ちる。常に己を律しなさい。

秋沙に常々言い聞かされていたことに背いてしまった罪悪感。しかもその言葉通り快楽に弱く、溺れてしまう己の本性を思い知って、これまで築いてきたものすべてが壊され、足元が崩れ落ちていくような恐怖を覚えた。

それでも、そうやって冷静に考えられるのは一人でいる時間だけで。ギルスが部屋にやってくると、彼の発する雄の匂いを嗅いだだけで頭はぼやけ、触れられてしまうとかすかに残っていた理性も甘くとろけて消えていってしまう。

「綺麗《きれい》に痕がついたな」

「あ……」

ギルスにうなじを撫でられて、ぴくん、と顕良は身体を震わせる。

彼に渡された鏡でうなじを見ると、白い肌には彼の牙で作られた婚姻印がはっきりと浮かび上がっていた。

「……責めるようなことを言って、すまなかった。お前はなにも悪くないというのに……」

背後から抱き締められながらそう詫びられて、顕良は目を伏せた。

意固地な自分に対して、もっと彼は顕良を責めていいはずなのに。

罰して欲しいとねだったのは、己の淫らさだけではなく、狭い常識に囚われ続け、彼を無自覚に傷つけてきたことへの贖罪《しょくざい》の意味もあった。

「だが……他の男に対して、俺はどうしても寛容になれそうにない。お前がやっと俺のものになったのに……もう指一本、他の男に触れさせたくない」

「………ッ」

獰猛な欲望をにじませる彼の唸り声に、ずくり、と下腹が甘く疼き、顕良はまた自分の中の淫《いん》猥《わい》な衝動が顔をもたげはじめるのを感じていた。

「すごいな……少し擦りつけただけで、もう入り口がやわらかくなって、ほら、自分から呑み込んでいっているのが分かるだろう？」

「や、あぁ……っ」

まだためらいは胸の中に残っているのに。ギルスにその逞しい昂ぶりを押しつけられただけで、脚はしどけなく開き、内奥に彼の昂ぶりを受け入れていく。

顕良は一糸もその身にまとうことを赦されず、一日のほとんどを寝台で過ごし、政務の合間を縫って足繁《あししげ》く通ってくる彼の欲望を受け入れる。

そんな爛《ただ》れた日々の中で、顕良の身体は淫らに開発され、彼の匂いを嗅ぐだけで内奥を濡らし、猛った男根を求めるようになっていた。

ギルスもまた、発情期に入っており、必要最低限の政務をこなしたあとは寝食すら惜しんで顕良を貪り、溺れるほどに大量の子種を注ぎ込んでいった。

その行為の意味も危険性も分かっていた。それでも彼の雄を受け入れ、彼の白濁で身体の中をいっぱいに満たされる充実感と愉悦の前には、罪悪感すら甘美な媚薬となって二人の間に渦巻く熱を煽っていくだけだった。

――そして長い発情期がようやく収まりを見せ、顕良が自分の身体の変化に気づいたのは、二人の発情期が過ぎてからさらに三週間ほど経《た》った頃だった。

「あきらぁ……大丈夫？」

頭の痛みに襲われて顔をしかめる顕良に、アヌンが声をかけてくる。

「ああ。アヌン、ありがとう」

あの宴の時、アヌンが様子のおかしい顕良を気にして、ギルスを呼ぶように兵士に伝えてくれたそうだ。一緒にいて守ると約束した彼女に逆に助けられたことが情けなかったが、心配してくれる存在がいる、ということがうれしく、ありがたかった。

「ぼくだっていっしょにさがしたんだからね！　あそんでばっかできづかなかったクレタとちがって」

「またいってる……おれだってそばにいたらきづいたって！」

ふふん、と胸を張るマルタに、クレタがムキになって反論する。

「おおきなこえはダメっ。あきらのぐあい、もっとわるくなっちゃう」

だがひそめた声でアヌンに咎められて、二人ともしゅん、と耳と尻尾を垂れさせてしょげた。

その微笑ましい光景に、顕良の心はなごんだ。

最近、明るくなったアヌンとマルタとクレタの距離も縮まってきたようでそれもうれしかった。

「あらあら。顕良さん、相変わらずもてるわねぇ」

「皆、顕良さんを困らせては駄目よ？」

ギルスの長兄と次兄の妃が連れ立ってやってきて、子供たちをたしなめると、ころりと大人しくなって、「は～い」といい返事をする。

「このところなんだかやけに忙しくて、顕良さんに任せきりでごめんなさい。大変なことがあったばかりだというのに、本当に申し訳ないわ」

「いいえ……こちらこそご迷惑をお掛けしました」

騒動のあと、自分たちが傍にいれば、と自責の念にかられて謝ってきた二人に、自分がふがいなかっただけだというのに、と顕良はかえって申し訳ない気持ちでいっぱいになった。

そもそもギルスが発情期に入って政務を必要最低限しかできなかったせいで、二人の王兄の負担が増え、その補佐的役割も担っている彼女たちの負担も必然的に大きくなっていたはずだ。

「……顕良さん、どうしたのかしら？　なんだか顔色がよくないけれど……」

「たいしたことは。少し頭痛と、それと微熱があるくらいで……」

そう答えたとたん、二人の妃は顔を見合わせ、「まあ」「やっぱり」となぜか興奮した様子で顔を紅潮させる。

「顕良さん。うろうろしては身体に障《さわ》りますわ。すぐに侍医に診《み》ていただきましょう」

二人に詰め寄られ、ただの風邪だろうに、とうろたえる顕良は半ば強引に自室へと連れ戻されていった。

自室で寝かしつけられ、やってきた侍医の診察を受ける。すると、

「おめでとうございます。ご懐妊ですぞ」

侍医にそう告げられ、顕良は愕然とする。

——懐妊……子供が、出来た？　自分に？

きゃあ、と喜びの声を上げる二人の妃たちとは対照的に、その宣告を受け止めかねて、顕良は茫然自失《ぼうぜんじしつ》となる。

「ギルス陛下にご報告しなきゃ……！　絶対、大喜びなさるわ」

「陛下、貴方と結ばれてからというものずっと生き生きされて……本当にお幸せそうでしたもの。それまでは発情期を迎えるたびに憂鬱そうだったのが嘘みたいに」

浮き浮きとした様子で目を輝かせて語りかけてきた二人だったが、それをうつろな目で聞いている顕良に気づくと、不意に気遣わしげな表情に変わる。

「……色々と思うところがあるでしょうね。でも、とにかく陛下とよく話し合いをして欲しいわ」

「そうね。もう、顕良さんだけの問題ではないのですもの」

母である彼女たちの言葉が、重くのしかかる。

自分の中に、もう一つの命が宿っている。

それはまるで他人事のように、実感がない。

男である自分が孕む、などということは非常識なことで、あってはならないことだ——そんな大倭国での常識が頭をもたげ、どうしても理解しがたいのだ。

侍医と二人の妃が退出し、途方に暮れて一人物思いに耽っていると、しばらくして扉が開き、駆けつけてきたらしいギルスが息を乱しつつ、中へと入ってくる。

「顕良……」

少しうわずった声で名を呼び、彼はどこか怖々といった様子で近づいて顔を覗き込んできた。

「……触っても、いいか」

ぎこちなく言われて、顕良まで変に緊張しつつ、うなずく。

散々身体を繋ぎ、互いの身体、触れていないところのほうが少ないほどだというのに。不思議な気持ちだった。

そっと顕良の腹を撫で、じわりと顔をほころばせると、

「俺の種が、お前の中で受け入れられて、芽吹いて……今、ここにいるんだな」

ぬくもりを感じつつしみじみと噛み締めるようにギルスは呟く。

そのあたたかな手のひらの感触に、まるで体内の中の息吹が呼応するように、とくん…、と脈動したような気がした。

さっきまで、まったくその気配を感じることなどなかったのに。

戸惑いにギルスを見上げる。すると、

「お前がアヌンを助けてくれた時のことを覚えているか?」

見つめ返されて問いかけられ、顕良は首を振る。

「助けたのは、私ではない。……お前の権威を借りただけだと言っただろう」

「そうだったな……あの時、俺の存在がお前を護れたんだと知って、うれしかった」

振り返るようにそう言うと、ふいにギルスは顔をゆがめる。

「本当はずっと恐れていたんだ。俺がお前を欲しがることで、大切なその身体を危険にさらしてしまう。だから……心の奥でどこか迷う自分がいた……だが」

彼は自分の弱い心のうちを打ち明けて苦いものをにじませ、言葉を区切る。

しかしふいにその瞳に強い光を宿し、懊悩《おうのう》を吹き飛ばすようにまっすぐに顕良を見つめると、

「俺はもう、迷わない。絶対にお前を護る。お前と、このお腹に宿る俺との子供を」

強靭な決意に満ちた声で、宣言した。

「………ッ」

その熱に打たれ、顕良の胸のどこかで、ビシリとヒビが入る音が聞こえた気がした。

「だから顕良……どうかこの仔を、拒まないでくれ」

祈るように告げると顕良の肩に顔をうずめ、手を握り締める。ギルスのその手は、震えていた。

——本当は、お前だって……怖いんじゃないか。

怯える心は自分だけのものではないのだと知って、それでも必死に手を伸ばすこの男のことを、強いと、心からそう思った。

その言葉に、彼の怯えが自分のせいで母を失った心の傷から来ていることを悟って、顕良の胸が締めつけられる。

そしてもう一つ、彼が恐れているのは——顕良を失うこと。

「すまない……俺が、代わってやれたら……」

ぽそりと零した彼の本音にそう思い知って、顕良の中にじわりと熱いものが広がっていって……心を覆っていた冷たい氷の壁のようなその壁面に入れられた亀裂が大きくなり、それはミシミシと軋《きし》みを上げていた。

一番困難と危険を伴う出産の過程で、なにも手助けできない自分を責め、うちひしがれているその姿が、いじらしくて仕方がなかった。

その頭を撫でて、抱き締めてやりたい。

この気持ちを、なんと呼べばいいのか。

自分の中に新しい命が芽吹いている。

受け入れがたいと考えていたはずのこの事実を、これほどに喜び、自分の存在を切望してくれる人がいること。

それをひしひしと感じ、顕良の思いは大きく揺さぶられていた。心が千々《ちぢ》に乱れて、泣きそうになるほどに。

少なくとも――この男でなければ、いくら発情期で理性が吹き飛んだ状態だったとしても、壊して欲しいなどと願わなかった。それだけはハッキリとしていた。

自分がどうしたいのか、逃げずに考えなければ。

顕良はその在《あ》り処《か》を感じようと腹に手を這わせ、そっと目を閉じた。

さらに二ヶ月が経ち、自分の身体の変化とともに徐々に妊娠したという事実を実感するようになってきた。

ギルスは本人以上に顕良の身体を心配して、少し歩くだけで転ばないかとはらはらと気を揉み、なにか運ぼうとすると焦って「そんなことは他の者に頼め」と詰め寄ってくる。あまりのうろたえぶりに、見かねた二人の王兄の妃たちに「もっとどっしりと構えてくださいませ」とか「そんなに干渉していてはかえって負担になりますよ」などと、苦笑いしつつたしなめられるほどだ。

身体は重だるいし、頭もぼんやりとしていてやたら眠かったりと、いい調子とは言いがたい状態だが、たまにふと、自分のこの体内に小さな小さな命が在るのかと思うと泣きたくなるような、不思議な気持ちになる。

だが黒獅子王であるギルスの仔を妊娠した事実を受け入れるということは――自分の身体に命すら脅かすほどの甚大《じんだい》な負担がのしかかることを実感する、ということでもあった。

恐ろしくない、と言えば嘘になる。ただでさえ自分が妊娠するなどという思いもしなかった事態に対する混乱と罪悪感がいまだ消せずにいるのに。

雁屋にこの事実を伝える勇気が出ず、体調不良を理由にしばらく会わずにいた。

だが、心配なので一度顔を見せて欲しいという彼の気持ちを、従者から聞いてしまうと、申し訳なさと、どの道このままの状態を通せるわけもないのだから、とようやく会う決心がついた。もしかしたら、このあと体調が急激に悪くなってしまう不安もある。そうなる前に、彼に会っておきたかった。

「……やっぱり顔色がよくねえな。まだ身体の調子悪いのか」

面会した雁屋に開口一番、そう言われて、顕良は返答に詰まり、口ごもる。

あくまで風邪かなにかと思って心配してくれているだろう彼に、これは病気ではないと、事実を伝えるべきなのは分かっている。

それでもいざ雁屋を目の前にすると、決意は揺らぎ、鉛を飲み込んだように胸が重く塞がる。

男同士として、親友として。これまでともにいた時間が、すべて否定されてしまいそうな……そんな恐怖に、凍《こご》えたように口が強張り、開くことができないのだ。

「体調悪いところに無理言って、本当にすまん。だが、どうしても伝えなきゃならないことがあるんだ」

珍しく神妙な面持ちで切り出してくる雁屋に、なにごとだろうかと顕良は眉を寄せた。

「——大倭国海軍が、俺たちの救出のために動いているらしい」

「ッ……大倭国海軍、が……？」

驚愕に大きく目を見開く顕良に、雁屋は重々しくうなずく。

「話によると、この国と国交のある貿易商に協力を仰いだそうだ。貿易のために大きな貨物船でやってくる。……そこに、秋沙軍医大監らがひそんで乗り込んでくるってわけだ」

「話、って……一体誰からそんな話を聞いたんだ？」

「ほら、お前も会ってるはずだ。イーシャンって男だよ」

情報源として出てきた名前に、顕良は顔を曇らせる。

「イーシャン？　あの男……信用できるのか」

正直、胡散くさいという印象と不信感しかない。これまでもあの男が絡んでくるとろくなことにならなかった。

「俺だって最初はそう思ったさ。だが、ほら」

そう言って雁屋がおもむろに懐から取り出したものを見て、顕良は息を呑む。

「これは…っ。大倭国海軍の階級章……しかも、秋沙さんのものか……？」

恐る恐る手に取って問う顕良に、雁屋はうなずく。

「例の船はすでにこの国の領海近くまで来ているらしい。他の国で貿易中……と見せかけて、機会を窺っているんだそうだ」

「機会、というのは……」

「ギルス王が国を空ける時を狙っているんだ。どうやら協力する他国の貿易商ってのがエリシュ前王王妃の情人で、ギルス王の目さえかいくぐれば検査もろくに受けずに入国できるって話だ」

エリシュの噂は少し聞いたことがあるが、まさか他国にまで情人がいるとは思わなかった。前王王妃であるだけにそれなりの権限を持っているエリシュの後ろ楯がある人物が協力してくれるのならば、確かに侵入に成功する確率は高まるだろう。

「貿易商は入国後、エリシュ前王王妃を通じて顕良に謁見《えっけん》を申し込み、船へと招待する計画らしいんだが、それを受けて欲しい。そして俺も、荷物運びでもなんでもいいから一緒に連れていってくれないか」

「……雁屋、私は……」

あくまで秋沙たちとともに帰ることを前提に話す雁屋に、顕良は沈痛な思いで顔をしかめる。

秋沙たちの前に、獣人の仔を宿したこの姿をさらす。

それは恐怖でしかない。秋沙が懸念した最悪の状態に陥ってしまった自分を見て、一体どんな反応を示すのか――

「どうした？」

言葉を濁す顕良に、雁屋が怪訝そうに顔を覗き込んでくる。

「……いや。そういえばお前の弟妹は皆、学校を卒業したんだったか？」

「ほとんどはな。けどほら、お前が医者に診せる金貸してくれて、助かった妹はまだだ。生意気にも女学校に行きたいとか言ってやがるんだぜ」

「そうか……」

家族らしい家族のいない自分とは違って、雁屋には母国で待っている家族がいる。

自分はきっと、姿を見るのもおぞましいものとして忌避《きひ》される。

けれどせめて、雁屋だけは母国に帰らせてやりたい。

できれば妊娠の事実は知らせないようにして、秋沙に雁屋のみ連れて帰ってもらえるように頼み込めれば一番いいのだが。

顕良の本性を知っている彼は、ギルスに連れ去られた時点で性交に溺れ、仔を孕まされる……ということをもっとも懸念しているだろうから、それは難しいだろう。

「――――分かった。話が来たら改めて知らせるよ」

「おお、頼んだぜ。……うまくいくといいんだがな」

いくらエリシュの後ろ楯がある人物が協力してくれるとはいえ、危ない橋を渡ることに変わりはない。緊張した面持ちで呟く雁屋に、顕良は微笑った。

「大丈夫だ」

約束通り、一緒に帰ることはできなくとも。

それは口にはしないまま、胸のうちで呟く。

「顕良……」

大倭国には過去の因縁《いんねん》からの悪印象がある上に、不法に忍び込もうとする秋沙たちはイシュメル王国として赦しがたいものだろう。

ギルスに背く真似をすることに罪悪感を感じないわけはない。だが、雁屋が大倭国に帰るためには、彼らの持つ航行術がどうしても必要なのだ。

後始末は自分がなんとかする。

「約束しただろう？　必ずお前を大倭国に戻してやる」

決意して、顕良は勇気づけようと雁屋の肩を叩き、そう告げた。

7

雁屋から報告を受けて半月が経とうという時、ギルスが友好国へと出向くことになった。

こんな大事な時に、と国を離れることを憂《うれ》い、渋面を作るギルスに、「まだ出産まではかなり時間がありますから」と周りからなだめすかされて、彼は後ろ髪を引かれる、といった様子で出立していった。

「用を済ませたらすぐに戻ってくる。それまで絶対に無理はしないでくれ」

そう言い残していった彼の心配そうな顔を思い出して、胸が痛くなる。

――すまない。

自分は、ギルスの想いに背くことをしようとしている。

誰よりも……下手をすると顕良自身よりもこの身体を心配し、無事を願う彼が、どんな気持ちでその言葉を告げたのか。

のしかかる罪悪感と申し訳なさに押しつぶされそうになりながらも、雁屋を秋沙たちに託したら、きっと戻ってくるからと心の中で言い訳をして、彼を見送った。

そしてその二日後、アルメキア国から貿易商がやってきたとの知らせと、顕良にお近づきの印に贈り物をしたいという申し出があった、とエリシュから聞かされた。

これが雁屋が言っていた貿易商なのだろう。

緊張に顔が強張りそうになりながら、貿易商と会う約束をして、宝物をあまた積んでいるという貿易船への招待を受けた。

そして夜更け過ぎ。約束の時間を迎えて、顕良はエリシュの先導の下、港へと出向いた。

そして港に停泊している巨大な貿易船を見つけ、顕良は息を呑んだ。

貿易船なのだから貨物の輸送が主のはずだが、この船には優雅な外装が施され、客船にもひけをとらない荘厳《そうごん》さを漂わせていた。

「すげえな！　豪華さじゃさすがにここの王室客船に及ばないが、これほどでかい貨物船は初めて見たぜ」

雁屋の声が聞こえてきて、顕良は眉をひそめる。

友にも最新鋭の船を見せてやりたいのだとエリシュに願い出て、手筈通り雁屋の同行を取りつけたのだ。

だが、これから始まることを思えば、目をつけられる行為は慎むべきだ。ただでさえ大倭国民であり、元捕虜だった彼の同行は決して歓迎されているわけではないのだ。あまり目立つ行動をして欲しくはないのだが、それを表だって言うわけにいかないのがなんとも歯痒かった。

「どうしたの？　浮かない顔して」

緊張のあまり言葉数が少なくなってしまったのをいぶかしんだのか、エリシュにそう指摘され、ドキリとする。

「まあ、寂しいのは分かるけどね。運悪く王兄たちも地方視察と遠征で、妃たちはそれに付いていっちゃったし。子供たちを連れてきてあげればよかったんだけど、繊細な調度品や磁器《じき》とかの割れ物も積んでるからあの人、子供が来るの嫌うんだよ」

親しげに貿易商のことを呼ぶエリシュに、彼の情人だという噂を思い出して、顕良は複雑な気持ちになる。

以前、ギルスが「自分を痛めつけ傷つけるようなことはするな」とエリシュに苦言を呈《てい》していたが……それほど奔放にあまたの男たちと遊び、閨《ねや》をともにしているのだろうか。

本人がそれを楽しんでいるのなら、他人が口を挟むべきではないのかもしれない。けれどギルスの言葉通り、エリシュがどこか無理をしているように思えてならないのだ。

そんなもやもやした気持ちを抱えつつ、エリシュのあとに続いて顕良は護衛とともに船に乗り込む。乗組員に案内されて、貿易商が待つ、船橋近くにあるという貴重な品ばかりを納めている宝物庫へと向かっている途中——それは起こった。

身体が揺れるほどの振動がした、と思った瞬間、船が動きはじめたのだ。

「なんだ…っ？　勝手に船を動かすんじゃない！」

停泊しているはずだった船の予定外の動きに、護衛が怒声を飛ばす。

動揺する顕良たちの隙をついて、すぐそばの扉が開き、影が躍り出て周囲を取り囲んだ。

「ッ……何者だ!?」

護衛たちはとっさに反応し、顕良とエリシュをかばうようにして戦闘体勢を取り、不審者に向かって誰何《すいか》する。

「――我は大倭国海軍中将、鶻景明《かげあき》」

その名前に、顕良は大きく目を見開く。

賊《ぞく》は、確かに大倭国海軍の軍服を身につけていた。

鶻中将――まさか、顕良たちの救出に彼まで乗り出してくるとは。

大倭国の軍神と謳《うた》われる彼をここまで間近に見るのは、顕良も初めてのことだった。

「大倭国海軍だと？　……まさか」

こちらをちらりと見やり護衛の一人が呟くのを聞いて、顕良は青くなる。

「……まあいい。いくら不意打ちしようが、大倭国の軟弱な兵ごときが束になっても我らに勝てるわけがない。また惨《みじ》めに叩きのめされたいか？」

護衛の兵士たちは余裕の表情を浮かべ、せせら笑う。

まさかこんな強行策に打って出るとは思いもしなかった。

あくまで城壁内の護衛である彼らはギルスが率いる精鋭部隊には劣るものの、充分な戦闘能力を持った狼型の獣人だ。艦を襲撃された時の圧倒的な兵力差から見ても、勝ち目はない。

秋沙はそれを実際に見て、知っているはずなのになぜ。

混乱しうろたえる顕良の疑念に応《こた》えるように、鶻中将は不敵に笑う。そして、

「な…ッ!?」

鶻中将の身体からざわり、と波打つように獣毛が生えてきて、目深に被っていた軍帽が落ち、隠されていた獣の耳が現れる。

「獅子の獣人……大倭国軍人がなぜ……ッ」

獣人へと姿を変えた鶻中将は、精悍な獅子の相貌《そうぼう》と濃いめの金茶の獣毛、そして後ろにいくほど黒く長いたてがみを持っていた。

周りを囲む鶻中将の部下も皆、獅子の獣人に変化していた。しかしその中でもやはり鶻中将は群を抜いた体格と雄々しさを有していた。

鶻中将たちは完全に虚《きょ》を衝かれた護衛たちへと人間離れした俊敏さで躍りかかる。反応が遅れてしまった護衛たちのその一瞬の隙に、容赦ない攻撃を叩き込み――完全に鎮圧《ちんあつ》してしまった。

「大倭国海軍の秘する精鋭の獣人部隊……いかがですか？　格下とあなどり馬鹿にしていた相手に踏みにじられる味は」

護衛を打ち倒し、捕縛《ほばく》が終わったところで彼らがひそんでいた部屋から秋沙が姿を現し、身動きできなくなった護衛たちを見下ろして嘲笑《ちょうしょう》を浮かべる。

「――迎えに来ましたよ。天神顗良」

「……秋沙軍医大監……」

「ここから少し離れた島に艦を隠していますので、そこまで行けばなんとかなるでしょう。この船に積んでいる小型挺を貸していただける手筈になっています。急ぎましょう」

そう言って、呆然とする顗良へと秋沙が手を差し伸べる。

「待ってください」

しかし顕良はその手を取らず、首を振った。

怪訝《けげん》な顔をする秋沙に、顕良は重い口を開く。

「秋沙軍医大監……私はともに行くことはできません」

そこまで言って、顕良は言葉を止める。

緊張と怯えに喉が引き絞られるように詰まり、心臓が激しく脈打つ。

それでも、言わなければ。

ぎゅっと拳を握り締めて覚悟を決めると、

「私は……ギルス王の子供を……獣人の仔を、宿してしまいました」

顕良は秋沙を見据え、告げた。

「申し訳ありません。貴方の期待を裏切って……でも、雁屋はただ巻き込まれただけなのです。どうか雁屋だけでも連れて帰っていただけませんか…っ」

自分はどう罵《ののし》られようと、雁屋だけは。ただその思いだけで、顕良は恥を忍んで深々と頭を下げ、必死に懇願する。

「そんなことを気にしていたのですか……大丈夫ですよ、顕良」

震える顕良の肩に手を置き、秋沙はやわらかく語りかける。

その優しい声色に驚いて顔を上げると、

「むしろよくやったと褒めてやりたいくらいだというのに。どれだけ望んでも手に入れることは叶わないだろうと諦めていたイシュメルの王の血を再び我らの手に……しかもさらに強大となった黒獅子の血を手に入れることができるのですからね」

秋沙はニタリ、と不気味な笑みを浮かべ、じっとりとした目で顕良を眺めていた。

「あ……秋沙、さん……？」

今まで見たことがないその異様さすら感じる表情に、思わず上官に対してではなく親代わりとしての呼び名で呼びかける。

「あの黒獅子王を籠絡するとは、さすが獣どもが喉から手が出るほど求め、欲しがるというだけはある。……秘宝、と銘打って、外海に運んだだけのことはありました。当初は鵺の仔を産ませる陰種を得るための取引材料か、資金作りに大陸で競りにかけ、大金に換えようとしていたのですけどね」

続けられた言葉に、顕良は愕然とする。

――我々が輸送していた『秘宝』というのは……まさか、私のこと、だったのか……？

ギルスたちにも「大倭国のオメガには価値がある」と言われていたが、秋沙にとって、自分は利用価値のある商品でしかなかったというのだろうか。

「これは救出、ではないのですよ……天神顕良」

困惑する顕良に、秋沙は冷たい微笑みを浮かべると、

「そもそもう、お前は大倭国海軍の誇りを捨て、ただ雄を求める牝に、ケダモノに堕ちたのでしょう？　天神顕良。だからするべきは救出などではなく、捕縛だ」

冷酷にそう言いきった。

「ッ…、ぁ……」

恐れていた以上の罵りに、顕良は全身から血の気が失せ、ガクガクと身体を震わせる。

覚悟していたはずなのに。親同然に思っていた人から存在すべてを否定され、軽蔑に満ちたまなざしで見つめられ、心が刃で斬りつけられたように激しく痛み、胸が軋む。

「てめえ……！」

怒りに顔をゆがめ、雁屋が身を乗り出す。だが、

「相変わらず反抗的な目ですね……雁屋曹長。問題ばかり起こす不良品の上に、敵に捕まった間《ま》抜《ぬ》けな三下《さんした》など助ける義務はないのですよ？　家族の下に連れて帰って欲しいなら、駄犬らしく這いつくばって乞うてみてはどうです」

秋沙はわずかも怯むことなくそう突きつけて、酷薄《こくはく》に口許を吊り上げる。

「くそ、が…ッ」

家族のことを持ち出され、雁屋も振り上げた拳の持っていき場を失い、怒りに打ち震え歯軋りしながらもそれ以上逆らうことはできず、肩を落とした。

力を失った雁屋に微塵《みじん》も興味がなくなった様子で、秋沙は顕良へと向き直ると、

「お前の意思など聞いていない。我らが欲しいのは、お前自身ではなくその腹の仔なのですよ。天神顕良」

腹部を見下ろしながらそう迫られて、とっさに顕良は腹をかばい、彼の前から逃げ出した。

「――捕縛しろ。ただし、傷はつけるな」

だが秋沙の命令で鶺中将の部下が襲いかかってきて、なすすべもなく捕らえられる。

「……なんて匂いだ……これが、本物の牝か……」

顕良を押さえつける部下たちから興奮した声が漏れ、ごくり、と唾液を呑む音が聞こえてきた。

獣人相手に、ただでさえ体調の思わしくない今の自分では、敵《かな》いようがない。

さらに欲情に昂ぶった下腹部を擦りつけられ、おぞましさと恐怖にぞわりと顕良の肌は総毛立つ。

「さかるな、ケダモノが！」

だが秋沙の叱責が飛んだと同時に、顕良に昂ぶりを擦りつけ、体をまさぐろうとしていた部下たちが、ビクビクッと激しく震え、無様に床へと崩れ落ちた。

「まったく、いちいち制御装置で躾《しつけ》をしないと、ろくに理性を保つこともできないとは嘆かわしい。だからこそケダモノなのでしょうが」

いまだひくひくと身体を痙攣させながら倒れ込んでいる部下たちの惨状から察するに、制御装置というのは体内に埋められたなにがしかの装置で電流を流すものなのかもしれない。拷問などで使用すると聞いたことはあったが、実際にそれを見たのは初めてだった。

「わきまえなさい。その腹の中の仔は、貴様らなどとは比べ物にならぬほどの濃く強大な獣の血が流れているのですよ。その汚い種など入れようとしたら――去勢してやる」

秋沙は苦悶にのたうつ部下たちに同情するどころか般若《はんにゃ》のごとき形相《ぎょうそう》で見下ろし、恐ろしい言葉を口にする。

「こんな本能剥き出しのケダモノに、我ら人間が支配されていたこと自体がおぞましい……雁屋、お前も分かるでしょう？　この醜悪《しゅうあく》さが」

雁屋をちらりと見やり、秋沙は侮蔑もあらわにそう吐き捨てた。

「その支配から抜け出すためには、必要なのですよ。獣人に対抗する力を持った兵器——すなわち、我らの手駒《てごま》として動く獣人兵が」

その言葉に、大倭国では絶滅したと言われていた陽種《ようしゅ》が生きていて、それが『死神』と呼ばれる鶻中将で、彼直属の部下たちもまた、その素質を持っている者たちだったのだと悟った。

しかも、非人道的な手段でそれを支配していたのだと知って、あまりのことに愕然とし、顕良は立ち尽くす。

「……制御装置のむやみな使用は控えろ。それに万が一にも天神少佐にも通電したらどうする」

「ふん。弟が心配ですか？　獣のくせに生意気を抜かす。我らの最高傑作であるお前でなければ容赦しなかったところですよ、鶻」

上官であるはずの鶻中将にも、敬意を表するどころかまるで所有物のように傲慢に言い放つ。

「弟……私が、鶻中将の？」

「ああ……そこの鶻とお前は兄弟なのですよ。常人と見分けのつきにくい陰種《いんしゅ》のお前とは違い、陽種、しかも強い力を持って生まれた獣人は生まれたばかりの頃に見つけ出され隔離され、政府の完全な管理下で育てられるゆえ、知らなかったでしょうがね」

驚きを隠せない顕良に、秋沙はさもどうでもいいと言わんばかりに告げた。

天涯孤独と思っていた自分に兄がいる。そのことは顕良にとって重大なことなのに、秋沙にはまったく意味がないことなのだと思い知って、親代わりだと思っていた彼のあまりの変貌に、胸に穴が空いたような空虚さに支配され、顕良はうなだれる。

「どのみち陽種と陰種の兄弟はともには置いておけぬ。お前ら獣は平気で血族でさかり合い、つがいますからね。そのせいで奇病や精神的異常を持った獣が多く生まれ、そんなケダモノどもに支配されたおぞましい過去を、我らは決して繰り返すわけにはいかないのです」

秋沙のその台詞に、ざわり、と心の奥底がざわめく。

「過去……もしかしてそれは、『傾国』に殺されたという狛犬様のことを言っているのですか」

「そうです。元々近親婚を繰り返し、精神的におかしくなっていた狛犬はこの偉大なる大倭国の国主としてふさわしくなどなかった。そんなケダモノの支配から解放してくれたイシュメルの獣には感謝していますよ。しかもご丁寧に兵器として、これ以上なく優秀な獣の種まで残していってくれたのだから」

ギルスが言っていたことこそが正しかったのだと思い知って、顕良は秋沙たち大倭国の教えを盲信していた自分の愚かさを悔いた。

しかも大倭国に残された子孫の身を案じていた彼の懸念は、悪趣味な装置で洗脳、管理され兵器とされているという最悪の形で現実のものとなってしまっている——そう実感して、顕良はギリッ、と軋むほどきつく拳を握り締める。

「お前の中にある凶悪な黒獅子の種も、我らが有効に使ってあげますよ。男を誘う堕落《だらく》した能力しか持たぬ陰種など、せいぜいそこらの獣とつがわせて仔を産ませるか、高く売り払うしかないと思っていましたが……貴方は『傾国』と同じくらい優秀な淫売ですよ、天神顕良」

「……ッ」

秋沙の侮蔑に、失意と罪悪感にまみれていたこれまでの自分とは違う、激しい憤りを覚え、顕良は彼を睨みつける。

「なんですか、その目は……」

顕良の初めての反抗的な態度に、秋沙はじわりと眉根を寄せる。

「――いい加減、その胸糞悪い御託《ごたく》を垂れ流すのはやめてとっとと出ていけよ」

緊迫した空気に、それまで静かだったエリシュが割り込んできた。

「本当に大倭国のヤツらは……ろくでもないね。ケダモノと罵りながらその獣にすがらなければ生きていけない弱者のくせに、その浅ましさに目を背ける愚かでクズな阿呆《あほう》どもだ」

毒をたっぷりと含んだエリシュの言葉に、秋沙は顔を引きつらせる。

「顕良、君も所詮その大倭国国民の一人だ。そんな澱んだ血はこの王国に要らないんだよ」

「エリシュ…さん?」

ギルスに反抗的だった自分がよく思われていないことは分かっていた。

しかしここまで明確に敵意を向けられたのは初めてで、顕良は固まる。

「これだけお膳立てしてやったんだから、ぐずぐずしてないでさっさとこの国から出ていってくれないか。腹の仔は餞別《せんべつ》にくれてやるよ。……まあ、大倭国のオメガ未満ごときに黒獅子の仔を産めるとは思ってないけどね」

秋沙からもエリシュからも悪意をぶつけられ、顕良の胸が絶望に塗りつぶされそうになる。

それでも。

「ッ……私に、触らないでくれ……！」

腕をつかもうとするエリシュに顕良は叫び、彼らを拒絶した。

「私は……絶対にこの仔をそんなおぞましい兵器などにはさせない！　お前らがどれほど嘲《あざけ》ろうが、私はそんな運命に決して屈したりしない」

もう、この身体は自分だけのものではない。

その想いが顕良を支え、強い決意となって全身から力がほとばしる。

「秋沙さん……あんたの赦しも、もう要らない。私は、私とこの仔を大事に想ってくれる人たちのために生きる……!!」

今までは、秋沙の、そして周りの人々の顔色を見て生きてきた。どう見られるか、どう思われるか、それればかり気にして、本当の自分を知ることを恐れてきた。

だが、そんな自分から生まれ変わってみせる。このお腹にいる仔と、そして自分を必要としてくれるギルスのために。

「陰種ごときが、生意気な口を……ッ」

秋沙から憎々しげな呟きが漏れる。

険悪な空気が張り詰める中、不意に破裂音が聞こえてきて、場に動揺が走る。

「ここだ！　早く来やがれ、黒獅子王……ッ！」

朗々と響き渡る声に驚いて窓の外を見ると、宵闇《よいやみ》の中、甲板でランタンを振り回し、声の限りに叫んでいる雁屋の姿があった。

「いつの間に……!?　雁屋曹長、なんのつもりですか！」

「こんな時ばっか上官ぶりやがって……てめえらが腐りきってるのなんざ、こちとらとっくにお見通しだってんだ、糞野郎が！」

叱責する秋沙に、雁屋が嘲るように片眉を吊り上げて言い放つ。

まるで雁屋の怒号に呼応するかのように、入り江の島陰から艦が続々と姿を現し、この貿易船を包囲していく。

「……最初から、分かってて話に乗ったってわけかい……」

どこか悟っていたように、エリシュが呟いた。

「くっ、この……とことんまで我らの足を引っ張るつもりか、クズが！　覚えておけよ、貴様の家族がどうなるか――」

秋沙の呪詛《じゅそ》も、ドォン！　と大きく響く衝突音に掻き消される。

四方を艦に固められ身動きできなくなった船へイシュメル海軍の精鋭たちが雪崩《なだ》れ込んできた。

「こうなったらなんとしても天神顕良を取り押さえなさい！　王の仔種を盾にするのです！」

秋沙の叫びとともに、鵲中将と部下たちが飛びかかってくる。

今までは、自分の名誉を守るためなら死をもいとわない、それこそが男らしさであり、あるべき姿なのだと思っていた。

だが、それは間違っていたと気づいた。そんなことをしても大切な者たちを悲しませるだけで、なにも解決したりはしない、と。

自分の身を大事にしなければ、この仔を護れない。

お腹にいる仔を護ることこそが、今の自分の本当になすべきこと。

そう気迫を滾らせた時、まるでお腹の仔を通じて黒獅子の力が乗り移ったかのように、顕良の身体に力がみなぎってくる。

顕良はとっさに護衛が落とした剣を拾い上げ、瞬時に、向かってくる中でもっとも熟練度が低く隙の多い獣人に狙いを定め、肩へと斬りかかる。

細腕から繰り出したとは思えぬ膂力《りょりょく》みなぎる重く鋭い一撃に、以前の顕良ではかすり傷すら負わせられなかったしなやかな毛に防護された獣人の強靭な皮膚が裂け、血しぶきが散った。

「馬鹿な…ッ、陰種ごときにこんな力が……！」

手負いの獣人のうめき声と秋沙の愕然とした声を背に、顕良は隙をついて窓から甲板へと飛び降りる。

「顕良……!!」

すると接舷《せつげん》した艦から飛び移ってきたギルスがその姿を現し、自分の名を呼んだ。

「ッ……」

その瞬間にたまらなくなって、顕良はその逞しい胸に飛び込む。

「……よかった、無事で……」

顕良の身体を腕に収め、ギルスは震える息を吐いた。

だが追いかけてきた鶻中将たちを見て、ギルスは顕良を部下に任せて迎え撃つ体勢を取る。

「お前ら……大倭国の兵士か？」

現れた獅子の獣人部隊に、ギルスは驚いた様子で問う。すると、

「黒獅子王、初めてお目にかかる。私は大倭国海軍中将、鶻景明。手合わせできるとは光栄だ」

鶻中将はそう名乗ると、おもむろに得物を構えた。

「そうか……他にもまだ、これだけ生きていたか」

ギルスはうれしげに呟くと、だがすぐに口許を引き締めて迎撃の構えを取る。

「雑魚《ざこ》は任せたぞ。俺は、鶻と一対一で戦いたい」

ギルスがそう命じると、彼の部下たちはうやうやしくうなずいて鶻の周囲にいる兵士たちへと斬りかかっていった。

それを契機に、鶻中将は滾る炎のような闘気を燃え上がらせ、射貫《いぬ》くような目でギルスを睨み据えると、間合いを測り、美しく研ぎ澄まされた幅広の刀を鋭い剣閃《けんせん》とともに振り下ろす。

ギルスは大振りの剣でそれを受け止め、弾いた隙に足元を払うように蹴りを入れる。

だがすんでのところで鶻はその鋭い蹴りを避け、間合いを取り直した。

戦いに身を置くギルスを目の前にして、顕良の胸は不安と恐れに震える。けれど。

――ギルスを信じている。王者に生まれついた彼の身体能力だけではない、その心の強さを。

両者が互いの呼吸を読み合い、斬りかかっては受け、返す刀で剣戟《けんげき》を叩き込む様は、まるで双対の剣舞のような美しさと荘厳さに満ちていた。

火花を散らすような鍔《つば》迫《ぜ》り合いで、離れた場所にいる顕良たちにすらビリビリとした殺気が伝わってきて肌身を刺す。触れれば焼き付きそうなその迫力と見事な攻防を前にして兵士としての感覚がよみがえり、顕良まで昂ぶってくる。固唾《かたず》を呑んで見守ることしかできない自分の非力さが心の底から悔しかった。

間合いを取り互いの気配を探りつつ、息もつかせぬほど激しい攻防が続いて――けれど、勝負を決したのは一瞬。

沈黙を破り、両者の身体が躍った、と思った次の瞬間、

「ガハ……ッ!!」

鶻の身体が血の華を散らしながら宙へと吹き飛び、地面に叩きつけられた。

ギルスを見やると、彼もまた肩から血を流しながらも、しっかりと足を地につけて立っていた。

「ギルス……ッ」

一撃に渾身《こんしん》の力を込めたのだろう。ギルスは肩で息をして、荒い呼吸をしばらく繰り返すと、顕良の声に応えるように口角を上げ、かすかに微笑った。

その雄々しくも気高い姿に、顕良の胸は熱く高鳴った。

「なにをやっているのです、鶻…ッ！　くそっ、所詮貴様も出来損ないか……！」

衝撃に動けなくなった鶴に、秋沙の焦りと苛立ちに満ちた罵声が浴びせられる。だが、

「吠えるな……!!」

燃え滾る気迫のこもったギルスの一喝に、秋沙が雷に打たれたようにビクゥッ、と震え上がる。

「己が力で戦い抜くこともできない卑怯者め……貴様のような者がこの男の勇敢さを貶《おとし》めることなど、決して赦さん」

青白い炎のような怒りを放ち、ギルスが言い渡すと一歩、秋沙へと詰め寄る。

「ひぃ…ッ」

殺意をまとわせた黒獅子王の迫力を間近にし、それだけで絞め殺される直前のような奇声を上げ、秋沙は子供のように目をさまよわせる。

だが他の兵士もギルスの部下によって制圧され、すでに秋沙は孤立状態に陥っていた。

もう抵抗する気力もないのか、秋沙は呆気なく兵士たちに取り押さえられる。

「――貴様らの隠していた艦はすべて我が手に堕ちている。この船の主にも話はつけてあるから小型挺も出してはもらえなかっただろうがな」

とどめのように言い渡し、後ろで控えていた部下に合図する。

すると、宝物庫で待っているはずの貿易商がギルスの部下に引きずられ、姿を現した。

「どの道この男、隙をついて貴様らを殺し、顕良を奪ってその罪をすべて押しつけようと企んでいたようだぞ」

「あ、ぁ……」

貿易商を指差しそう突きつけてきたギルスに、秋沙は糸が切れた人形のように、言葉もなくうつろな目を向けるだけだった。

「ち、違うんです！　私はあくまでエリシュ様にそそのかされ……そもそもたかが少し珍しいだけの牝のためにイシュメル王国を敵に回すなど、そんな愚かな真似をするわけがありません…ッ」

「大倭国の珍しい獣人の血、というだけならばそうだろうな。だが顕良の腹の中には今、俺の仔が宿っている。貴重な黒獅子の血が。二つの血が合わさった仔は希少な上、人質ともなる……貴様らにとっても十二分に価値のあるものだろう。沖で待ち伏せしていたお前の国の軍艦が、顕良をさらおうとしていた証拠だ。だがもうすでに牽制し、引き払わせてある。――――観念しろ。すでにこの船は孤立無援状態だ」

頼りにしていた自国軍に自分が蜥蜴《とかげ》の尻尾切りのごとく見捨てられたことを悟り、貿易商もまた、青い顔をして力なくくずおれた。

これで一段落かと息をついた時、

「鶻中将……!!」

目に飛び込んできた光景に、思わずほとばしった顕良の叫びが静まり返った甲板に響く。

鶻中将はいつの間にかふらつきつつも身体を起こし、上着を脱ぎ捨てて小刀で己の腹部を貫こうとしていた。

「……ッ！」

小刀が鶻中将の腹部を刺す直前、顕良の声に反応したギルスが腕を払い、小刀を叩き落とす。

「なんのつもりだ。証拠隠滅のつもりか？」

「それだけではない……のうのうと生き恥をさらすことなど、我には……」

憤りをにじませたギルスに、鶻中将は苦しげに唸る。

「兄上……貴方は、私の兄上なのですよね？」

肩を震わせる鶻中将に、顕良はそっと近づいて声をかける。

「恥をさらすつらさは、私も重々承知しているつもりです。ですがそれは、死んでしまっては一生の悔いとして残り、汚名挽回の機会すら永遠に失う、ということではないのでしょうか」

天涯孤独と思っていた自分に、兄がいる。そして奇跡的にこうして会うことができたのだ。絶対に、失いたくない。

その一心で、慎重に言葉を選びながら、顕良は言い募る。

「死ぬことで解決したかに見えるのは一瞬で、結局膿《うみ》を出し、根本を変えることはできない……だから、もし死ぬ気概《きがい》がおありなら、その勇気を今も大倭国で虐《しいた》げられているだろう仲間たちのために使ってはもらえませんか」

「……仲間……」

その言葉に、ハッとしたように顔を上げ、鶻中将は顕良を見上げてきた。

「顕良の言う通りだ。お前にその気さえあるというのならば、力を貸してやろう。俺としても祖先の血を分けた子孫たちが非道な目に遭っているなど、捨て置けない事態だからな」

力強くそう告げるギルスに、鶻中将はようやく瞳に力を取り戻す。

「その時は、雁屋も連れていってもらえますか？」

高官である鶻中将ならば、大倭国周辺の魔の海域を航行する術を知っているはずだ。

「分かった……私にもまだできることがあるというのならば、この命を賭《と》して成し遂げてみせる」

再び生気を取り戻し、深くうなずく鶻中将に、よかった、と顕良は顔をほころばせた。

そしてギルスは、おもむろに兵士たちに拘束されたエリシュへと近づく。

「拷問でも、死罪にでも……好きなようにすればいいさ」

エリシュは開き直ったように蓮《はす》っ葉《ぱ》に言い放った。

「……エリシュ」

だが、やるせなさをにじませて名を呼ぶギルスに、エリシュの瞳が潤んで揺れる。

「どうせもう、生きていても仕方がない……いきなり現れたオメガ未満ごときが、お前の仔を産むところなど見たくもない……！」

腹の底から吐き出すような慟哭《どうこく》が、顕良の胸に突き刺さる。

ギルスの手腕を誰よりも知っているエリシュが、こんなことが成功するなどと、無事に済むなどと、信じていたとは考えがたい。

自殺行為。そう知っていて、彼はこの話に乗ったのではないだろうか。

ずっと傍にいて、けれどギルスの父の妃だった彼が、抱いてはいけない想い。

どこかで、自分も彼の想いに気づいていた気がする。けれど……自分の抱える不安や悩みにばかりかまけ、よぎった懸念に蓋をして、見て見ぬ振りをしていた。それが彼をここまで追い詰めてしまったのだ。

エリシュがのろのろと顔を上げ、ギルスを見つめると、

「ただしギルス、お前の手でやってくれ」

どこか壊れたようにうつろな笑みを浮かべ、そう言った。

「頼む、ギルス……少しでも、僕を哀れだと思う情があるのなら……っ」

必死に乞い願い、ギルスへと手を伸ばそうとする。だが、

「――前王王妃、エリシュ。お前を国外追放の刑に処す」

ギルスは顔を引き締めると、断ち切るように重々しく告げて背を向ける。

「待ってくれ……僕は、君にとってその牙にかけるほどの価値もない、ってこと、なのか……？」

絶望に顔をゆがめ、なおも追いすがろうとする。

顕良はそんなエリシュへとおもむろに詰め寄ると――その頬を、思いきり叩いた。

「……ッ、な、にを……」

「貴方らしくもない。なんですか、そのざまは」

エリシュが顕良を捉えた瞬間、うつろだった目に炎が宿る。

それでいい。

弱気な彼など見たくはない。

自分の立場で、エリシュに同情するなどという傲慢なことはしたくなかった。きっと逆の立場なら、彼もこうしたはずだ。

「一人の男に失恋しただけですべてが終わったと諦めるんですか？　それくらいなら貴方だけの運命の人を探し出せばいい。違いますか」

叩きつけるように檄《げき》を飛ばす。

エリシュはしばらく肩を震わせていたかと思うと、

「……オメガ未満に説教を食らうなんて……焼きが回ったものだね、僕も」

涙に濡れた目で、それでもようやくいつもの人を食ったような笑みを取り戻してそう呟いた。


事件を起こした者たちが兵士に連れていかれるのを見届けて、顕良たちも貿易船を降りた。

「……それにしても、呼ぶのが遅すぎる。顕良になにかあったらどうするつもりだった…？」

「舐めんなよ。こいつがそんな簡単にやられるタマだと思ってんのか」

しかめ面で文句を言うギルスに、雁屋はどこ吹く風と言った調子で返す。

「傲岸不遜《ごうがんふそん》なくせして、嫁にだけはでろんでろんに弱いんだからな、この男。イーシャンから情報つかんで大倭国海軍が近づいてきてることも、貿易商が噛んでることも知ってたくせに、お前に一切知らせずに火の粉を払おうとしてたんだぜ。大事な時期に負担をかけたくない、少しでも危険な目に遭わせたくはない、ってな」

「嫁、って……」

雁屋の口からそんな言葉が出ることにうろたえたものの、だってそうだろ、と返されてなにも言えなくなる。

それにしても、イーシャンがすでにギルスに情報を流していたとは。様々な人の間を引っ掻き回し、手玉に取る彼らしいといえばらしい。きっと、様々なところに情報を売りつけ……最終的に、一番強い、味方につけておきたい人物、つまりはギルスについた、というところだろう。

「前王王妃の怪しげな行動は俺の耳にも入ってたからな。これまでは歯牙《しが》にもかけなかったような、地方に飛ばされた兵士を誘惑しまくってるとか、顕良につけられた衛兵に色仕掛けしたり……お前に対してよく思っていないって話も聞いてた。案の定、黒獅子王のお出掛けに合わせたように地方で問題が起こって、王兄たちが揃って王都を出払うはめになったしな」

ただの雑用として働いているだけだと思っていたのに、雁屋はその鋭い観察眼と人の輪にスルリと入っていける独特の雰囲気で、いつの間にか情報網を張り巡らせていたらしい。そのふてぶてしいまでの逞しさに、顕良は呆れつつも感心した。

「かといって前王王妃相手に証拠もなしに動けないだろ？　早いとこ白黒はっきりさせて、不穏分子を綺麗に取り除いたほうがいいってことで、俺が動くことにしたんだ」

つまり雁屋は、エリシュが関与しているという確たる証拠をつかむまで、ギルスたちを呼ぶのを控えていた、ということなのだろう。ギルスとしてはおそらく、秋沙たちの所在さえ確認できればすぐにでも踏み込みたかったのだろうが。

「……雁屋は、大倭国に帰るつもりで秋沙さんに会おうとしていたんじゃなかったのか？」

「あいつらなんざ信用してるわけないだろうが。お前はここに残るつもりだろうし、俺はただ、あのいけすかねえ秋沙の野郎に一泡吹かせてやりたかったのさ。……鵲中将のおかげで、どうやら帰ることができそうだけどな」

想定外だった、とうれしそうに鼻をこする雁屋に、帰ることを諦めてただ顕良のことを考えて動いてくれたのか、と友の覚悟と友情に、込み上げた熱いもので胸がいっぱいになる。

「お前はこの男が望んだ通り、なにも知らないままただ護られるだけでいいと思ってるのか？」

「――嫌だ」

雁屋に話を振られ、顕良はきっぱりとそう言ってのけた。

「だろ？　俺の親友はそういう人間なんだよ」

ニッ、と笑う雁屋に、なに一つ大事なことを打ち明けられなかった自分をそんな風に信頼してくれていたのだと、顕良は申し訳なさと、それを上回るうれしさを嚙み締める。

そんな二人のやり取りを見つめ、ギルスは渋い顔をすると、

「――お前と一緒にするな。お前と俺では愛情の質がまったく違う」

雁屋を睨み、そう断じた。

「誰がどう言おうが、俺は顕良を護る。お前は万が一、顕良が戦って命を落としても、涙を流してよくやったと称えるだけで済むんだろうが……俺は、こいつがいなくなったら……」

「……ギルス……」

その深い愛情に打たれ、顕良は震える声で彼の名を呼んだ。

「……ああそうかよ。はいはい、ご馳走《ちそう》さん」

やってられるか、といった様子で呟く雁屋に、思わず存在を忘れてしまいかけたと、ギクリとして顕良が振り向く。

けれど、邪魔物は退散する、とばかりに微笑って手を振りながら、雁屋は立ち去っていった。

気まずさにうつむく顕良のあごがつかまれ、顔を上向けさせられる。

「あ……ッ」

「周りばかり気にしていないで、俺を見ろ。顕良」

真剣な目で見つめながら言われ、顕良の顔が熱く火照る。

「改めて言う。ずっと一緒にいてくれ……顕良」

それは、仔を産んだあともずっと、ということ。

その言葉の重みを分かっていて、それでも顕良はうなずいた。

最初は、なんという傲慢で酷い男だろうと思っていたというのに。

けれど愛する者を失うかもしれない不安を抱えながらもその事実から逃げずに、精一杯の愛情を傾けるギルスのその真心に応えたいと思うようになったのは……いつからだっただろう。

「信じたいんだろう。運命は変えることができるものなのだと。私が、それを証明してやる」

彼を愛した証として、必ず元気なままで子供を産む。

決意を込めて告げる顕良に、

「ツ……顕良……」

感極まったように顔をゆがめ、ギルスは顕良の頬へと祈るようにくちづける。

「頼む……俺を一人にしないでくれ。俺はもう、お前がいなくては生きていけないんだ」

震える声で告げられたその告白に、熱いものが込み上げてきて、瞳が潤む。

きっと、自分もまた、そうしてひたすらに求めてくれる者を欲していた。

ギルスの顔が、再び近づいてくる。

その熱を孕んだ切なげなまなざしに、離すまいと抱き締めてくる指先に、泣きそうになりながらも、顕良は微笑んでくちづけを受け止め、目を閉じた。


――ギルスと二人、後宮の自室へと戻ったあと、昂ぶる感情のままに抱き合った。

部屋に漂う濃密な情交の残り香に、頭はかすみ、身体の芯が火照っていく。

「……ぁ、あ……すご、ぃ……また、大きく…なった……っ」

横向きに横たわらされた状態で、背後から抱き締められ、貫かれて……顕良がしどけなく腰を揺するたび、彼の昂ぶりがさらに大きく育っていくのが触れ合う粘膜越しにありありと伝わってきて、悦楽に濡れた吐息を漏らす。

「ッ……顕良、そんなに煽ってくれるな……我慢できなくなる…ッ」

獣人のままだと本能が暴走しやすいのか、ギルスは苦しげに唸り、歯軋りする。

彼の昂ぶりは牝の穴の中には入ろうとせず、入り口をゆっくりと擦り上げるだけだ。子宮を刺激しないよう、挿入が強く、深くならないように、必死に込み上げる衝動を抑えているのだろう。

「怖いんだ……俺が、お前を壊してしまわないかと……」

負荷をかけることを極端に恐れる彼は、はち切れんばかりに勃ち上がり凶暴さを増した己の欲望を、顕良に受け入れさせることに難色を示していた。

「私が、欲しいんだ……ギルス、お前を……」

自分のためを考えてくれているのだと分かっていても、時にその理性がもどかしくて、切なくて仕方なくなる。

彼に情欲を向けられることは、顕良にとってもはや悦《よろこ》びでしかないというのに。

「思いやってくれるのはうれしいが……もう、触れないなどと言わないで欲しい。私は……」

ギルスに「もう触れない」と宣告された、あの時のことを思い出して、走った胸の痛みに思わず顕良の瞳が潤む。

「もっと、お前に触れられたい。いっぱい求められたい……お前を感じられないと……寂しくて、胸が苦しくなるんだ」

にじんだ涙で濡れた瞳で、顕良は彼を見上げ、懇願する。すると、

「……お前がこんな、甘えん坊だとは思わなかった……」

驚いた様子で目を見開き、ギルスがぽつりとそう漏らした。

「いや、か…？」

自分でも、信じられない。こんな弱く、脆《もろ》い自分が心の奥底にひそんでいただなんて。

「まったく、お前は……そんなわけないだろう」

どう思われているのか怖くなって問いかける顕良に、彼は苦く微笑って頬にくちづけてきた。

「手酷く拒まれて、必死に求愛してもなかなか受け入れてもらえなくて……やっと手に入れた、高嶺の華なんだぞ、お前は」

「……ギルス……」

耳たぶに、首筋に、幾度もくちづけられながら告げられた彼の囁きに、くすぐったいような、それでいて甘く痺れるような胸の疼きを覚えて、顕良は息を震わせた。

「今も、やっと振り向いてくれたお前に嫌われないよう、紳士な振りをして欲望を必死に押し殺しているだけだ。本当は、俺はお前を……」

獰猛な欲望を告げる彼の押し殺した声に、ゾクゾクするほどの恍惚《こうこつ》が這い上がってきて、たまらなくなる。

「……してくれ」

欲するままに、顕良がそう口にすると、ギルスの喉がゴクリ、と鳴る音が聞こえた。

「お前のしたいこと、全部して欲しい。お前の欲望も、行為も、全部知りたいんだ。その時のことを考えただけで、身体が疼いてきて、たまらなくて……だから私のこの、淫らな身体に…お前の全部、教えて欲しい……」

己の欲深さと淫らさに恥じ入りながら、それでも我慢できずにありのままの思いの丈をぶつけ、腰をうねらせてねだる。

「ッ……お前は、本当に……」

ぶるりと獰猛に身体を振るい、ギルスはたまらない、といった様子で押し殺した声を漏らすと、

「どれだけ、俺の理性を試せば気が済むんだ…？」

興奮に荒らげた呼気ごと、凶暴な唸り声でそう吹き込んで、うなじに嚙みついてきた。

「ひぁ、ん……っ」

発情期に結ばれた時、顕良のうなじに刻まれた婚姻印。その痕をなぞるように牙を立てられると、痛みではなく、痺れるような甘い陶酔《とうすい》に見舞われて、目眩のするような恍惚が顕良を包む。

「ギルス……後ろ、なら大丈夫、だから……もっと…っ」

耳許に感じる彼の欲望に荒らげた息に、顕良はゾクリと背を震わせて、高まるばかりの官能に胸を喘がせながら訴えた。

雄を受け入れるのを当然とする牝の穴ではない、後孔の奥に昂ぶりが欲しいとねだる己のはしたなさに、燃えるような羞恥が込み上げて、瞳がとろけるように潤む。

けれどやさしく抱き合うだけでは我慢できず、愛撫をねだり、挿《い》れて欲しいとせがんだのは顕良のほうだ。

不自然でもいい。浅ましくても構わないから、とにかく彼をこの体内に迎え入れ、深く強く感じたかった。

「くッ……顕良……顕良……ッ」

ギルスは唸り、顕良の後孔の内奥深くへと腰を突き入れてきた。

「覚悟しておけ、この仔が腹から出たら……思い知らせてやる、お前に抱いている欲望、全部」

うなじの婚姻印を幾度も甘く食《は》みながら、腰を揺さぶって前立腺にひそむ牝の入り口だけではなく、内壁全体をこね、じわりと擦り上げていく。

「あ、ぁ……ギルス……ッ」

彼は、気づいているだろうか。

仔を生んだあと、当然のように顕良が傍にいるのだと自分が口にしたことを。

「して、欲しい……お前の全部、私に……っ」

感極まって、顕良は熱いまなざしで彼を見つめながら懇願する。

「本当に……可愛くて、淫らで……おかしくなりそうだ……顕良……俺の、顕良……」

あえかな吐息を零す唇へとくちづけると、ギルスは腰の動きを徐々に強くしていく。

「顕良……絶対に、俺の傍から離れないでくれ……っ」

腹の底から絞り出すように告げられた願いに、顕良は彼の腕にしがみつきながら、何度もうなずいた。

絶対に大丈夫。

彼こそが『運命のつがい』なのだと、今はもう、確信しているから——どんな試練があろうが乗り越えてみせる。

「ぁ、ん……くぅう……んんっ」

顕良もまた彼の唇を食み、腰を支える力強い彼の手をぎゅっと握り締め、快感以上に押し寄せる多幸感に打ち震えながら、高みへと昇りつめていった。

終章

「あきら、あかちゃんみせて、あかちゃん〜！」

マルタが顕良の腰にしがみついておねだりしてくる。

「さわいじゃダメ、って言ったでしょっ。あっ、クレタ。きたない手でさわるのも、メッ、なんだからね！」

「う、うるせぇなぁ。いいじゃん、ちょっとくらい」

しれっと寝台の柵によじ登って赤ん坊に触ろうとしていたクレタに、アヌンが叱責を飛ばした。

やはり女の子はおませなのか、アヌンはもうすっかりお姉さんらしい態度がさまになっている。

——無事、顕良はギルスの仔を産んだ。しかも、立派な黒獅子の赤ん坊だ。

黒獅子王子はウルクと名付けられ、その誕生は顕良の無事とともに盛大に祝われて、祝賀の宴は一週間以上続いた。

顕良を正式な王妃とするための婚姻の儀を行ったのも、その時だ。

それは、顕良の希望だった。

無事に仔を産んで、運命を乗り越えられた時……その証拠として永遠を誓いたい、と。

大いに張り切ったギルスが当代一の腕を持つという仕立て屋に誂《あつら》えさせた絢爛豪華《けんらんごうか》な純白の花嫁衣装をまとい、同時に仕立てたという優美にして威厳あふれる礼服姿に身を包んだギルスとともに、改めて互いを一生のつがいとして添い遂げることを、神獣の加護を持つという王族たち、そして部下や祝賀ムードに沸く国民たちの前で誓い合った。

その姿を鵠中将と雁屋に見守られるのはなかなかの試練ではあったが、同時に、身内同然の彼らに祝福されることがうれしくもあった。

過去の常識に囚われて、この幸せを味わわずにいるなどあまりにもったいない。

肉親とも縁薄く、普通ではない体質ゆえに、結婚どころか恋愛すら自分には一生縁はないと諦めていた幸福を奇跡的にもこの手にできた喜びを、しっかりと噛み締めていたかった。

秋沙と幹部は投獄されたが、ギルスに認められた鵠中将たちと雁屋はこの国に滞在することを赦された。

鵠中将と部下は体内に埋め込まれた制御装置を取り除く手術を受けたのち、雁屋を連れ、いったんは大倭国へと戻った。だがギルスの支援の下、少しずつ仲間を集め、着々と力をつけていっているようだった。このイシュメル王国とも国交ができたおかげで、物資不足という問題も改善していっているらしく、「もうじき革命が起こるかもな」と愉快そうに雁屋は笑って言っていたが、もしそんな時が来たならば、自分もできる限り力になりたい。

そう打ち明けると「やめてくれ。過保護の旦那が血相を変えて追いかけてきそうだ」と雁屋がげんなりしたので、「そうしたら最強の助っ人が得られるだろう」と返してやると、「お前、変わったな」と苦笑いされた。

大倭国のこともあるが、正式に王妃となったこれからは、二人の王兄の妃たちのように……いや、彼女たち以上にイシュメル王国の政務や外交にも携わることになるだろう。その時のために勉強しなければいけないことはたくさんあるが、同時にやりがいのある仕事に携われることを楽しみにしてもいた。

頑なだった自分が変われたというならそれは……ギルスと、二人の間に出来た子供のおかげだ。

まだぽわぽわとした産毛に覆われた小さな身体、耳もぷくん、とかすかに盛り上がっているだけのまん丸な顔、そしてつぶらな瞳。そのすべてが愛しく、そのいたいけな姿を見つめているだけで、切ないような、たまらない気持ちになる。

今はウルクを愛し、育てることに心血を注ぎたい。

ギルスと顕良の間に子供が産まれた時、アヌンはもう自分は構ってもらえなくなるんじゃないかと落ち込んで、距離を置こうとしていたが、「私も初めてで分からないことだらけだから、アヌンがこの仔のお姉さんになって手助けしてくれないか」と声をかけると、パアッと顔を明るくして、一所懸命赤ん坊の世話を手伝ってくれるようになった。

初めて会った時はまだ赤ん坊だった二番目の王兄の双子も順調に成長して、今は人型を取ることができるようになり、よちよちながらも歩けるようになっている。

この仔もあんな風に育っていくのだろうか。

まだ小さな小さなウルクを抱きながら、そんなことを考えてみたりする。

成長が楽しみな反面、可愛いふわふわのほっぺたをふにふにとした触り心地を味わうように撫でながら、この手触りも変わっていくのだと思うと少し寂しいような、複雑な思いもある。

まだ生まれて間もないので、一日の大半はウルクと自室で過ごしているのだが、子供たちが入れ替わりで遊びに来てくれるし、王兄の妃二人もうれしそうに色々と教えてくれるおかげで心細さを感じることはない。そして、なによりも――

キィ…、と静かに扉が開く音がして顕良は振り向く。

「おかえり」

そこに愛しい伴侶の姿を見つけ、顕良は微笑んだ。

「……ああ。ただいま」

顕良がそう言ったとたん笑み崩れるギルスを見て、皆に畏怖《いふ》される偉大なる王で通っているというのに、他の人が見たらどんな顔をするだろうな、と考えて、おかしくなる。

「そんな顔をするな――お前に『おかえり』と言われるたびに、顕良は無事に、俺を待ってくれているんだと実感して……うれしくなるんだからしょうがないだろう」

真剣な表情でそう言ったギルスに、茶化《ちゃか》すようなことを考えていたことが申し訳なくなってしまう。

顕良の出産時期が近づくほどに彼は苦悩を深め、身も細る思いをしていたことを知っている。

人前では弱いところをさらさずあくまで泰然《たいぜん》とした姿を崩さなかったし、ただでさえ大変な時期の顕良に負担をかけまいと普段通りに振る舞っていた。

だが深夜、不意に目覚めると、彼がなんともいえぬ哀しげで切なそうな顔で、顕良の寝顔をじっと見つめていたことがあった。悪夢にうなされながら、何度も名前を呼び、寝台に手を這わせて顕良を探し続けていたことも。

危険を目の前にした本人よりも、むしろ傍で見続ける者のほうがつらいものなのかもしれない。むしろ顕良を失う恐怖に苦しみ続ける彼の想いを知れば知るほど、顕良の迷いはなくなり、絶対に無事に赤ん坊を抱いて彼の前に立つのだと決意を固くした。

無事出産を終えた今もなお、それだけ引きずっていることに、どれだけ顕良を失うことを恐れていたのか、その愛情の深さを知って、胸が狂おしく締めつけられる。

「……ウルクは眠っているのか？」

ひそめた声で問うと、ギルスは音を立てないようにして、ウルクを抱く顕良へと近寄ってくる。

「そんなに神経質にならなくても大丈夫だと言っているのに」

「いや、しかし……こんなに小さいんだぞ？　身体もふにゃっとしてやわらかそうで……正直、俺が触れたりしたら壊しかねん」

なんだか昔、赤ん坊だった頃の双子を前にした自分と同じようなことを言っているな、と顕良は小さく微笑う。

「お前の仔がそんな軟弱なわけがないだろう。ほら」

抱っこさせようとウルクを差し出したけれど、ギルスはそれを押しとどめる。

「俺はお前がウルクを抱いているところを見るのが好きなんだ。その代わり、俺はお前越しに抱かせてもらうさ。……こうやって」

そう言うと、彼はウルクを抱く顕良を、後ろからぎゅっと抱き締めてきた。

彼の匂いと体温に包まれて、じわりと胸が熱くなってくる。

一度無事出産を終えたことで黒獅子の因子への耐性がついたので、二人目以降の出産は格段に楽なものになるだろうと侍医にお墨付きをもらっている。

それに――秋沙たちに囲まれて危機に陥ったあの時、黒獅子の力を分け与え、助けてくれたのは、きっとウルクだ。

だからもう、顕良に不安はまったくなかった。

時期が来ればウルクに兄弟を作ってやりたいと思っているのだが、ギルスはどう言うだろうか。

――大丈夫。顕良さんのおねだりを陛下が拒めるはずがありませんわ。顕良さんが願うなら、世界すら統《す》べてしまいそうですもの。

王兄の妃たちの心強い言葉を思い出して、顕良は笑みを深める。

世界などいらないが、自分の家族は欲しい。そして、ギルス自身も……。

責任を取ってもらわねば。彼が、顕良の中にあるこんなにも深い情愛を目覚めさせたのだから。

そして……教えてくれると言った彼の欲望を、すべてこの身体の奥深くまで刻んで欲しい。

「……なにか、よからぬことを企んでいるな?」

顔を覗き込まれて、考えていたことが考えていたことだっただけにドキリとして顔を赤らめる。

「よからぬことではないと思うが……口にするのは少し恥ずかしい、かもしれない……」

自分の考えていることがなんだかとてもはしたなく思えて、顕良は顔を赤くしてうつむいた。

「まったく……お前はどうしてこんなに……」

するとたまらなくなったようにギルスは顕良のあごをつかんで上向けると、くちづけを落とす。

「ん…っ」

やわらかく唇を食まれ、顕良の口からはうっとりとした吐息が漏れる。

腕の中の小さく愛しい仔と、自分を包み込み深く愛してくれる雄々しくも優しい伴侶に恵まれて……あふれ出すような喜びに満たされて、顕良は幸福の涙を流した――


「黒獅子王の溺愛 ―軍服花嫁オメガバース―」（書き下ろし）

あとがき

前回に続いて黒獅子です！　なので前回書き足りなかったライオンのあれやこれをドリームいっぱい詰め込みました♪　特に萌えたのは、ライオンって実は交尾はメス本位（メスの発情に合わせる）ってことですね。「ダメ？　まだダメなの？」ってそわそわする雄ライオン萌え！

あと、せっかくのオメガものなので、前から密かに萌えだった「男性にも前立腺に子宮の名残がある（実際の話）→もしもそれが機能していたら前立腺だし大変なことに…！」という設定を使っちゃいました。いやぁ、受けって本当に色々大変だなぁ（笑）

そして今回、拙作に素晴らしいイラストをつけてくださった、すがはら竜先生。

今回は獣人もの、しかも特殊設定ということで、色々と大変だったと思います。にもかかわらず、ギルスを八頭身の均整の取れた格好良すぎる黒獅子に、顕良を「くっ殺」が似合うクールビューティに描いて下さって、本当にありがとうございました…！

今回も原稿が遅れ、すがはら先生や担当様、その他色々な方にご迷惑をおかけしてしまい申し訳ありませんでした。なんとか体力をつけてもっと早く書けるように頑張ります（涙）

そしてこの本をお買い上げくださった皆様。本当に本当にありがとうございます…！

これからも少しでも多く皆様に楽しんでいただけるものを書いていけるよう、私自身、書くことを楽しむのを忘れずに、精進したいと思っております。

それではぜひ、次の本でもお会いできますように……。

眉山さくら

ビーボーイスラッシュノベルズを
お買い上げいただきありがとうございます。
この本を読んでのご意見・ご感想をお待ちしております。

〒162-0825　東京都新宿区神楽坂6-46
ローベル神楽坂ビル4F
株式会社リブレ内　編集部

アンケート受付中
リブレ公式サイト　http://libre-inc.co.jp
TOPページの「アンケート」からお入りください。

SLASH
B-BOY NOVELS

黒獅子王の溺愛 ー軍服花嫁オメガバースー

2018年2月20日　　第1刷発行

■著　者　　眉山さくら

■発行者　　太田歳子
■発行所　　株式会社リブレ

〒162-0825　東京都新宿区神楽坂6-46　ローベル神楽坂ビル
■営　業　　電話／03-3235-7405　FAX／03-3235-0342
■編　集　　電話／03-3235-0317

■印刷所　　株式会社光邦

Printed in Japan
ISBN 978-4-7997-3692-0